星神魔女

－靠近＊填滿心的空缺－

－ Counting on Love 02 －

羅剎
千年前符紋創立者所製作出的最完美神陣。
無血肉之軀，是由真身模擬出來的人體。
與魔陣噬魂是相生相剋的存在，
但似乎有些嫉妒噬魂擁有人類的情感。
「希望願望能夠實現，也希望不要再迎接絕望與哀傷了……」
魔陣。「噬魂」
象徵災厄的魔陣噬魂寄體而產生的詛咒。
是戰天穹不願承認的黑暗面與心魔。
個性邪惡、貪婪、自私、暴虐，
是被戰天穹否定的另一個「自己」。
「明明就是同樣的存在，為什麼要拒絕接受我的存在？」

紫羽
數據流天才，
對數據有非常強悍的天賦與理解能力。
懦弱膽小怕事，單純天真；
但只要摸上電腦和鍵盤，
馬上就會變得自信且有些瘋狂。
「如果紫羽可以幫上忙的話，
紫羽可以為了卡爾斯哥哥變強的！」
卡爾斯
職業，殺人不眨眼的殘暴星盜；但有張娃娃臉。
個性直來直往，敢愛敢恨甚至有些過激。
因為血脈天賦讓身體帶毒，碰過的人即死，
因而與同病相連的戰天穹交好。
「只要妳喊我一聲老大，那老大就永遠都是妳的老大！」

目錄

INDEX

自由近在咫尺，彷彿伸手就能碰到。
希望與夢想就在眼前，不願停下、不願放棄，
就算遇到了挫折困境，也莫忘追尋一切的本心。
為了重回到那無盡虛空，展翅飛翔！

Chapter 23

紛爭起

一行人踏行於一條卵石鋪成的小路上，往皇甫世家一處隱密的所在前進。順著蜿蜒的道路，周遭的科技建築逐漸被碧色的樹林取代。鮮豔的各色花卉交錯青草，在頂上的仿太陽光源燈光照耀下，顯得靜謐又神秘。

在這個科技已達外星移民的時代，植物對遠離母星地球的殖民地居民而言，是一種僅能透過圖鑑閱覽的存在。

昔日為了保護母星地球，離去的人們僅能攜帶極少數的植物種子離開，這使得日後許多殖民地再也沒有那綠色自然的生活環境。如想要享受自然，只能透過一些跨界交易商從新界取得作物種子移植。

但跨界交易的費用之昂貴，僅有少數位於金字塔頂層的家族購買得起。而皇甫世家的據地中卻有這麼一片富饒的森林，不得不說資產深厚。

「慕容族長，請往這邊走。」

侍者恭敬的引領著眼前神態傲慢的男性們，他不敢怠慢，因為這是皇甫世家最尊貴的客人、也是在商業上合作最久的合作夥伴——慕容世家的族長以及少爺們。

「皇甫世家真是財大氣粗，竟然弄出這麼一片自然叢林來，要知道這可不好維護。」跟在領頭男子身後的一位年輕男性出言調侃。

他的容貌與慕容族長有幾分相像，卻帶了些許陰鷙。

「呵呵，兒子，我們慕容世家雖然在原界的聲望不比皇甫，但新界的皇甫世家可得依附我們慕容呢。」

慕容族長一臉笑意的回首，輕快的拍了拍慕容吟的肩頭，示意要他收斂臉上貪婪。他們清楚這個地方早晚會成為慕容世家的所有物——包括那些活生生的「商品」。

皇甫世家這一次招攬他們同盟，卻不知是引狼入室。

他們慕容世家身為新界金字塔頂端的三大家族之一，消息耳目無比靈通。早在皇甫世家主動找上門希望協商同盟一事時，私底下他們就早已打探出皇甫世家金絮在外、敗絮其中的事實。

這點在協商同盟時，皇甫世家狀似大度，要將旗下產業全權轉讓給慕容世家的手段就足以看得出來。或許尋常人看不出其中深意，但慕容世家長年浸淫商場，又如何不知這些產業其實是皇甫世家恨不得趕快脫手的燙手山芋呢？

昔日曾在新界擁有頂尖威望的皇甫世家，逐漸因為血脈稀薄、天賦覺醒者的稀少而淪落為次等世家了。

但儘管如此，過慣了昔日奢侈的生活，皇甫世家仍舊不斷過度揮霍資產，不停的向各族炫耀他

們世家特有的天賦血脈，希冀營造出擁有「繼承」天賦的大小姐十分稀有高貴的印象，為家族創造更大的利益。

但可惜，這些年皇甫世家的營收利潤每況愈下，除了非大小姐販售的主業務外，其餘產業幾乎處於虧損狀態，甚至還不得不向交好的慕容世家借資償債。

或許是家族情況越發艱困，這一次，皇甫世家竟主動放下過往的驕傲，向過去處於平等地位的慕容世家卑躬屈膝，請求同盟希望能逆轉家族危勢，不得不說是世家晚年破敗滄桑的無奈決定。

侍者沒有因為慕容族長與慕容吟的對話而有任何表情變化。就像是未曾聽聞兩人的對話一樣，他依舊恭敬的引領眾人前進。

在穿過一座被深綠色藤蔓纏繞的拱門後，眼前景象豁然開朗。

地上的卵石步道蜿蜒向前，環繞在一座人魚雕像噴泉的底部，而後繼續向後延伸至一處位於草地上的雪白平台。

平台上擺放著幾張寬敞舒適的雪白色沙發。

「翔風族長，許久不見了。」

一位神情傲慢的中年男子從沙發上起身迎接眾人，他便是皇甫世家的族長皇甫恆。此刻他親熱的朝慕容族長走去，臉上熱絡的模樣，彷彿彼此是極其親密的夥伴。

「啊……你是，皇甫恆？呵呵，抱歉抱歉，我差點忘了你的名字。欸，你瞧我總是忘東忘西的，請別見怪啊。」

慕容翔風皮笑肉不笑的與皇甫恆握手，言語間卻透露了一絲睥睨，彷彿自己不屑去記下皇甫恆的名字一樣。

這話讓皇甫恆的臉色一僵，卻又很快的完好如初，臉上除了熱情以外再無其他。誰叫他們皇甫世家雖然在原界聲望極高，卻還是比不過在新界穩定發展的慕容世家？

儘管表面上雙方地位看似平等，卻早已因為新界本家的族長主動向慕容世家低頭請求同盟一事，因而開始有了高低之分。

面對慕容翔風這番隱晦的諷刺，皇甫恆只能暗暗吞下心中的怒氣。

「哪裡哪裡，貴人多忘事嘛。」皇甫恆淡笑應對。

皇甫恆和對方虛應了幾句後，便招來女僕端上精緻的茶點飲品。

雙方各自落坐，談起了今日相約於此的那件大事……

「恆族長，相信你一定接到新界本家傳來的消息了吧？不曉得貴家族是否同意我們的條件呢？」慕容翔風一邊飲著茶，一臉笑容滿面的看著皇甫恆。他一上來就是單刀直入，不讓皇甫恆有

機會扯開話題。

談到這件事，皇甫恆眉角一抽，將問題踢了回去：「如果翔風族長想說的是慕容和皇甫兩家同盟的事情，我想這件事還是得由本家族長決定才是。我一個小小的分家族長，可沒有那個權力能夠動搖本家的決定。」

慕容翔風一笑，語帶諷刺的說：「我當然知道你一個小小的分家族長沒有權力決定這等大事，我只是想知道你私人的想法，以及對戰族近年打壓我們兩族的情況有什麼看法而已。」

慕容翔風刻意強調了「分家族長」這四個字，提醒著皇甫恆，雖然他們同是原界分家，但慕容世家比皇甫世家更有實力的事實。

雖然不滿慕容翔風的處處貶低針對，但皇甫恆知道現在更重要的是，處理那個讓他倍感壓力的家族。

「戰族」，新界的一方巨擘。

他們在原界並無分家，因為依附戰族的族群和組織極多，所以無論是商業或是其他行業，戰族在各領域皆有涉獵。

戰族不像皇甫世家擁有「繼承」天賦的特殊基因，或者是像慕容世家在醫療與醫藥領域有卓越發展，他們是最早期前進新界開發扎根的大族，其家族最強悍的一如其姓氏，就是戰力。

戰族不僅擁有無數以戰聞名的強者外，甚至還出了一位實力位於人類巔峰的「人類守護神」。

也因為戰族風氣尚武，不少戰族子弟是長年駐紮新界星域防守大敵的重要戰力。執掌世界的防禦重擔，這也是戰族地位能在新界屹立不搖五千年的主因。

千年前，皇甫世家因此覬覦戰族的聲望，便主動向戰族「推銷」自族女性，以求聯姻穩固自族的地位，卻沒想到戰族竟公然鄙視皇甫世家這樣將女性作為商品的行徑，拒絕了無數次聯姻邀約。自那時開始，兩族的關係就一度降到冰點，直到今日還是偶有衝突。

儘管戰族的聲勢龐大，卻未曾對同為人類的一方發起戰事過。他們更多心思全放在星系外的異族戰場上。可戰族近日來，卻一反常態的正式宣布在各領域與皇甫世家為敵，軟硬兼施的手段幾乎讓如今接近衰敗的皇甫世家被逼迫到了懸崖。

無奈之下，皇甫世家便暗中聯合了原本的商業夥伴慕容世家，商談同盟一事，希望能藉此抗衡來勢洶洶的戰族。

說起來，戰族不單是皇甫世家的敵人，剛好也跟慕容世家水火不容。

因為慕容世家的事業也是跨越各個領域，為尋求最大的利益，常常與戰族發生糾紛，還有不少次的血腥衝突。

而這一次見皇甫世家有聯合之意，掌握主導權的慕容世家自然是獅子大開口，除了皇甫世家主

動要過讓大部分產業以外，慕容世家竟還提出要求皇甫世家將販售大小姐的營收以固定比例抽成，作為同盟條件之一。

不過，因為這樣的條件實在太過高昂，所以兩家同盟一事至今還未有下文。趁著皇甫緋凰的生日宴會，應邀而來的慕容翔風便順勢來探聽皇甫恆的口風。

「唉，要知道，在新界只有我們慕容世家願意對你們伸出援手，還有哪個家族願意與戰族為敵呢？另一大族沃爾特家族雖然也有一位人類守護神，卻跟戰族的守護神彼此是友人，雙方也明言不會插手家族之間的糾紛。更別提沃爾特家族在戰族和我們慕容世家的衝突中，始終抱持著中立不介入的態度……所以，你們也只剩下我們可以求助了呀。」慕容翔風狀似感嘆的說道。

「這事只有本家族長能決定，翔風族長就別為難我了。」

見慕容翔風的裝模作樣，皇甫恆雖然想破口大罵，但只能皮笑肉不笑的回應，然後他目光落向一旁正在調戲美麗女僕的年輕男性身上。

他念頭一轉，主動將話題帶開。

「今天邀約翔風族長可不是來聊這些嚴肅話題的，我記得這一次翔風族長主要也是為了吟少爺的未來伴侶而來的吧？不曉得兩位對我們皇甫世家的第一商品感覺如何？」

這話，果真轉開了慕容翔風的注意力。

他與慕容吟交會了眼神，而後者思緒敏捷的先是讚嘆了緋凰的美貌一番，又提及大小姐們的姿色儀態讓他難以決定，最後卻將話題帶到那位在宴會上，對他出言不遜的黑髮少女身上。

「雖然大小姐們各有特色，但我最感興趣的還是那位擁有罕見黑髮黑眼的君兒小姐。這可是我第一次遇上這樣性格的女孩呢。」

慕容吟微笑的說著，臉上興致盎然，顯然對那位新來的商品女孩倍感好奇。

皇甫恆卻是神情一凜，知道慕容吟這是來找事了。

宴會當天他就接到那位新來商品頂撞慕容吟的消息，有好一度就想直接將那位大小姐直接關進監禁室處罰，但事後慕容吟卻沒有來算帳。城府極深的他自然感覺到了這位少爺似乎另有所想，此事就暫時擱下。

如今既然當事人提起此事，他自然也不會為旗下的大小姐說話。

「那位『商品』才來三個月，野蠻性子還尚未磨去，很多應對的禮儀也不合宜，還請少爺多多見諒。就是不知，吟少爺希望我們怎麼處罰那位大小姐呢？」

皇甫恆趕緊賠笑臉，深怕處理不當，慕容翔風會藉機生事，同時心中也懊惱昔日那位粗野少女死性不改。

慕容吟聽聞皇甫恆有處罰君兒的打算，面容帶笑的說道：「恆族長，我其實挺欣賞那位黑髮女

孩的，她的性子跟其他那些只會順從我的大小姐比起來實在有趣多了，我很久沒看過這樣充滿活力的女孩了，體諒她才來沒多久，就別處罰她了吧？」

他想起了宴會上君兒對他表露的抗拒與厭惡，眼神微黯，語鋒一轉，玩笑似的說出了自己的想法：「不如，將那位少女送給我吧？」

「不可能！雖然她是最低等階的商品，可也是我們耗費資金培養出來的！」皇甫恆臉色青白交錯，果斷的拒絕了慕容吟。

慕容吟像是早知道皇甫恆會拒絕他一樣，沒有對待長輩應有的禮節，而是直白的口出威脅：「哦，真可惜。既然皇甫族長不願賠償我被那位少女口出惡言的損失，我想我爹可能得去跟本家族長討論一下拒絕同盟的事情了……」

雖說他們父子倆是分家掌權者，但好歹在慕容世家中也是有一定話語權的。若由他們開口否決同盟一事，那麼兩家的聯合必會變得困難。

聽見慕容吟狀似遺憾的語詞後，皇甫恆臉色一沉。他可不希望因為這件事而壞了本家族長的同盟計畫，只好乾笑道：「那不然，慕容少爺希望得到什麼賠禮呢？」

慕容吟也知道自己不能太過分，便揚笑，開口說出他所希望的那件事，眼裡有著計謀得逞的冷意。

皇甫恆聽了慕容吟的條件後，先是幾番猶豫糾結，然後便點頭同意了。

「好吧，以前也有這樣的先例，此事不是不可行……」

＊＊＊

「哈啾！」君兒冷不防的打了一個大噴嚏。

「怎麼回事？我突然有種不好的感覺……」她一臉莫名其妙，同時雙手還不斷搓著手臂上浮現的雞皮疙瘩。

「君兒小姐不會是感冒了吧？」露露關心的問道，還不忘調整空調溫度。

「應該不是。」君兒不知道這感覺從何而來，顰著秀眉，隨後便又繼續埋首作業。

看著忙碌的君兒，露露長長的嘆息了聲，擔憂說道：「君兒小姐，判決還沒下來呢，不曉得最後會是怎樣的處罰……之前妳頂撞慕容少爺，搞不好家主會因此重重處罰妳也不一定，君兒小姐實在是太傻了！」

露露雖然有點為君兒擔心懊惱，但更因為君兒沒能夠把握機會討好一位世家少爺而氣惱不已。

聽到露露提起這件事，君兒因此又想起了宴會上那位笑容討厭的慕容少爺，覺得手背被親啄的

地方一陣刺癢，害她忍不住撓了幾下，面露嫌惡。

「最好以後不再見。」君兒嘟囔了一句。

好險她這樣的神情、語詞沒被露露發現，不然又要聽露露那套長篇大論了。

下意識的，君兒的目光悄然瞟向一旁沉默的鬼面保鑣。比起那什麼「白馬王子」，她還比較喜歡她的鬼面保鑣呢。

＊＊＊

短暫的交流結束後，慕容翔風跟他的兒子慕容吟回到了皇甫世家為他們準備的臨時居處。

「難得看你對未成年的小女孩有興趣。」看著一臉玩味笑意的兒子，慕容翔風忍不住調侃道。

慕容吟陰冷一笑：「爹，您不覺得這種脾氣火爆的小丫頭才最好騙、最好玩嗎？那些只會裝優雅跟順從的大小姐我應付到煩了，偶爾換換新口味，嘗試點不一樣的玩具不也挺好？」

想起宴會那時的黑髮少女，她青春洋溢的裝扮、活力耀眼的神情，再搭上那張倔強不屈服的閃亮黑眸，這些與其他大小姐不同的特質，讓他對她很有興趣。

他一向是個情場高手，生平最有興趣的便是玩弄女孩們的心。

享受擄獲女孩芳心前的狩獵感，以及之後粉碎少女心的愉悅——而這一次，擁有不屈眼神的君兒則成了他最新的獵物。

相信這會是一場很好玩的遊戲。

「相信她能為我在查探皇甫世家的過程中，帶來不少樂趣。」

慕容吟與父親舉杯輕碰。

兩父子一同從居處窗外瀏覽皇甫世家的莊園，彼此相識一笑。

慕容吟面露嘲諷：「沒親自來過，還不能理解外界傳聞皇甫世家有多奢華，親眼一見才知道為何族長會開出那樣的條件……這些都是用那些女孩兒換來的財富嗎？若不是我們知曉皇甫世家其實已經瀕臨衰敗的消息，我怕也會被這看似奢侈的環境給蒙騙了呢。但儘管如此，皇甫世家女性罕見的繼承天賦，還是有非常高的價值能讓族長如此重視。我會很期待家族把皇甫世家納為囊中物的那一天。」

「也多虧了宴會上那位少女跟你起了衝突，這正好稱了我們心意。扮演好你的角色，別讓皇甫世家的人發現我們的目的。」慕容翔風森然揚笑，壓低了聲音低語著。

「對了，你可先別對第一商品動手，倒是可以先從那位新來的大小姐下手，相信她才剛來沒多久，還沒被皇甫世家洗腦的徹底，對你而言，應該是個輕而易舉就能拿下的對象吧？」

「這些我自會衡量，爹您就別擔心了，先煩惱之後要怎麼跟族長瓜分皇甫世家吧。」慕容吟似乎對自個父親這樣耳提面命的交代感覺厭煩，漫不經心的回應著。

比起他們原先的目的，他還另有別的打算。

＊＊＊

「……新界那邊可能要亂了。」

緋凰嚴肅的看著光腦螢幕浮現的訊息，這是紫羽利用駭客手法取得的新界資料。訊息裡充斥著新界各大家族不穩定的情況，暗喻著未來將會有一場世族動亂。

「緋凰，有件事很奇怪。」忙碌的操控光腦介面的紫羽突然冒出了這句話。

她唯有在熟悉的光腦領域中，才會展現這樣冷靜嚴肅的神態。

「從幾個月之前，戰族對皇甫世家施壓更重了，甚至還公開言明與皇甫世家競爭為敵。時間正好是君兒來家族不久後開始的，妳不覺得很巧嗎？」

今天只有紫羽被女王傳喚，此時她和緋凰正互相討論著新界皇甫世家的訊息。

緋凰面露深思，冷不防的想到君兒的那位鬼面保鑣。

那以戰聞名的家族，最顯著的特徵便是赤髮赤眸。她懷疑鬼先生可能是戰族人，再加上他又是匿名而來，是真有那麼一點可能性。

但這個世界並不是只有戰族人擁有這樣的特徵。而且以戰族人的傲性，大可直接殺上門將君兒帶走，又何須大費周章混入皇甫世家當保鑣？

「是很巧合沒錯，但我們不能在未確定對方的真實身分前就擅自行動。我相信鬼先生是不是戰族人，君兒應該最清楚才對，但她既然什麼也沒提，我們就不要過問，以免洩漏秘密。」

緋凰選擇相信君兒，決定不追究鬼面保鑣的身分。

在看完訊息後，緋凰便刪除了光腦中的資料。

從訊息中可以得知皇甫世家的近況不甚良好。但最近皇甫世家與慕容世家的互動十分頻繁，她猜測，是否兩家有同盟的打算？

根據過往的紀錄，皇甫世家最常攏絡同伴的手段，便是「聯姻」！透過兩個家族的婚姻結合，多少能更穩定彼此的關係。

這是緋凰最厭惡的手段，但對大世家而言，卻也是最實際有效的方法。

新界家族間的暗濤洶湧，讓緋凰心裡有一種不祥的預感。

「希望君兒能趕快破解定位監控符文耳環。我有預感，如果牽扯上幾大家族的紛爭，未來可能

會更加難以掌握，我們的計畫得加快腳步才行。」

緋凰有些擔憂，「希望一切順利……」

緋凰的憂慮也感染了紫羽，讓紫羽跟著惴惴不安了起來。

Chapter 24

淬鍊

「君兒小姐！有一件天大的好消息要告訴您！」

當露露一早踏進君兒房裡，便驚喜萬分的高喊出聲，讓君兒有些無奈的從書桌前回首看向她，困惑究竟是什麼事能讓露露這般驚喜。

「您之前頂撞慕容少爺的事，家主決定不處罰您了！」

露露顯得很是開心，君兒對此倒是不以為意。她冷淡的點點頭，繼續複習自己的課業。

露露在此時湊了過來，一臉神秘的笑著，那打量君兒的目光，看得君兒有些發毛。

「怎麼了嗎？」不知為何，君兒直覺露露還未說完的事情，絕對不是什麼好消息。

露露「嘿嘿」一笑，看著君兒的眼神無比喜悅。

「我還以為君兒小姐這次倒大楣了，沒想到卻是意外之喜。君兒小姐，慕容少爺竟然親口對家主說他不願意您受到處罰呢！但因為家主決定要補償他，他便要求希望以後能常常來族裡跟您『交流感情』耶！慕容少爺一定是喜歡上君兒小姐了，不然怎麼會那麼有心？」

露露喜孜孜的說著，末了還雀躍的歡呼了聲：「哇哈好棒喔！這樣君兒小姐搞不好有機會能成為慕容少夫人呢，以後飛黃騰達可別忘了露露囉！」

露露原本認定君兒這樣的性格只會遭來禍事，卻沒想到事態轉變得出乎預料。上頭還刻意要她別再打壓君兒，還認為君兒這樣潑辣的性子是另一種特別的賣點，要她好好「關照」一番。

然而，這個消息聽到君兒耳裡，卻如同驚雷炸響一樣，讓她徹底傻眼。

這、這劇情轉折的也太詭異了吧？那個討厭的慕容吟對她有興趣？！這一定有陰謀！

君兒雞皮疙瘩冒出來了，臉上滿是震驚愕然。

「慕容吟腦子一定燒壞了……」君兒低聲咒罵。

「嗯？君兒小姐您說什麼？」露露沉浸在喜悅裡，沒注意到君兒說了什麼。

「沒。希望他不要妨礙我學習就好。」

君兒現在只覺得頭大，但一想到自己的處境，根本沒有她選擇的權利。

一想到那人看她如商品般的冷漠眼神，她就覺得一陣反感。

壓下浮躁的心情，君兒只能盡量讓自己保持平靜，卻也明白自己不可能放下尊嚴去討好慕容吟，他似乎又因為她的刁蠻而對她有興趣，這成了一個死迴圈，怎樣也跳脫不出去。

＊＊＊

慕容少爺將經常來往看望君兒的消息，很快就傳遍了整個家族。也因此讓其他大小姐心生嫉妒，使君兒原先承受了的刁難更上了一個層次，讓她好生厭煩。

「君兒，妳還好吧？」紫羽擔憂的看著一臉煩躁的君兒。今天一整天，大小姐們總是纏著君兒辱罵，嫉妒尖酸的語詞連她這個旁觀者都為當事人感到氣憤憂心。

「這些女生有完沒完啊？煩死了，都是那個慕容吟害的！」君兒惱火的抱怨著，一張小臉因為氣憤而紅撲撲的。

紫羽猜想，該不會就是因為君兒總是這樣直率的表露真性情，不同於其他人的虛偽做作，所以那位慕容少爺才會特別關注她？

雖然君兒並沒有緋凰的絕色或蘭那樣的美豔，但也有另一種特別的率真風情。在這個眾人都戴著面具的環境裡，坦率的君兒顯得十分獨特。

君兒火氣高漲，憤恨的說道：「可惡的慕容吟，他最好不要出現在我面前！」

「哎唷君兒小姐，這是好事呢，您要多往好處想才行。而且慕容少爺的個性不壞，人又帥，您就試著多了解他吧？」露露勸說道，卻沒有像以往那樣又搬出長篇大論來洗腦君兒。

看著露露這與以往不同，帶有幾分縱容的態度，默默關注著幾人的戰天穹只是冷冷一笑。

君兒自然也察覺到露露前後反差的態度，猜想到了一切。她在心中感嘆的同時，也對能夠繼續這樣表露真實的自己而感到幾分慶幸。

此時，露露眼角餘光卻看到皇甫緋凰的女僕直直朝她們走來，趕緊收斂神情，緊張的扯了扯君兒的衣服：「君兒小姐，女王大人要傳喚您了。」

自決鬥日後，君兒不出他人預料的輸給了緋凰，便按照自己昔日許下的承諾，成了女王緋凰的專屬沙包——那可是比奴僕更糟糕殘酷的身分。

根據挑戰時寫下的宣言，君兒只能默默承受。

這也是君兒第一次被緋凰傳喚，想起之前其他人的下場，露露已經可以預見君兒之後的慘況了。再加上君兒固執的始終不肯向緋凰低頭，天曉得那位女王大人會怎樣羞辱她？

「君兒小姐、紫羽小姐，女王大人有找。」女僕冷漠發言，轉達完這樣的話語便向一旁的露露說了一句：「女僕不得跟隨，所以替大小姐收拾完東西後，先去休息吧。」

露露嘆息了聲，知道這是那位女王的規矩，她似乎特別討厭女僕，所以被傳喚的人一向只能帶保鑣隨行。這點就連前往觀戰的大小姐們也都不能免俗。

「君兒小姐，您要小心喔。」露露淚眼汪汪的目送君兒離開。

君兒昂首挺胸，她並不害怕，反倒是走在身邊的紫羽緊緊拉住她的手，神情緊張。

紫羽知道這一切都是為了混淆視聽而刻意為之的安排，可是一想到君兒真的要像那天她們討論的那樣，遭受緋凰毫不留情的沙包對練，說什麼還是會緊張難過的。

看著君兒堅定的眼神，紫羽知道自己多說什麼也無法勸阻她——君兒就是這樣一個固執又堅強

的女孩。

為了讓那些皇甫家安插身邊的暗棋知道，她和緋凰之間除了敵意以外再無其他，這一次是在公開場合舉行對練。

幾位得到通知準備前往鍛鍊場的大小姐，看著君兒此時的神情，紛紛發出嘲弄的笑聲。

一位大小姐嘲諷道：「可憐，明知會輸還自己送上門去，等等就看女王大人怎麼處罰妳吧！」

「快點認輸呀，只要妳認輸就不用遭遇這樣的對待囉。」

「明明沒能力，還一臉自以為是的模樣，看了就討厭。希望女王大人教訓教訓她。」

大小姐們尖酸刻薄的話語讓君兒握緊了掌心，她冷漠的掃過那些嘲笑她、看不起她的女生，眼裡只有無與倫比的堅定。

怕是只有戰天穹明白，君兒真的能夠堅持到最後一刻。因為她有一顆永不放棄希望的心！

大小姐們都很期待這一次的「折磨」，這樣的「特殊待遇」，總好過緋凰欣賞君兒了。

她們已經迫不及待要看君兒崩潰求饒的模樣了。

君兒與戰天穹兩人來到練武場附近的更衣間。

蘭早早就等在這，她見君兒臉上的倔強，眉心緊皺，趁著以更衣為藉口隔開保鑣之時，也跟著紫羽一同勸說君兒放棄這樣的念頭。

「妳確定要這麼做嗎？一旦開打的話，緋凰是不會留情的，妳又不是男孩子，還是不要承受這些了，一定還有其他辦法可以讓家族對我們鬆懈戒心的。」

蘭看著君兒平靜的換上方便活動的運動裝束，這套服裝還在周身要害的部位加上了防禦軟墊，能夠為穿戴者抵免疼痛。可是不能完全抵銷攻擊威力，穿戴者還是得承受部分的痛楚和傷害。蘭實在很難想像君兒如何能承受那樣的痛苦。

「真不曉得妳的未婚夫為什麼會同意這件事，他就不心疼嗎？」蘭低聲嘟囔，邊幫君兒戴上護具。

鬼先生會心疼嗎？其實君兒也不知道。

他似乎沒有表露過情緒，大多時間都是冷靜居多。在訓練她的時候也十分冷酷嚴肅，只有在極少時間他會願意讓她接近，以擁抱表達無言的安慰。

會心疼是因為重視對方，但她卻不知道鬼先生是怎樣看待她的。

君兒穿戴好了裝束，和蘭繼續保持疏離。她轉頭看著紫羽一臉擔憂的模樣，淡淡一笑：「沒事，這比我以前經歷過的輕鬆太多了，算不了什麼。」

這樣輕輕淺淺的一句話，道盡了君兒過去生活之困苦，或許她沒有講得很清楚，但是蘭和紫羽

卻能從中聽出一絲灑脫的豁達、一種從困苦中打磨出的堅強。

「……如果真的不行就認輸吧，我會替妳向緋凰求饒的。」蘭在說這句話時一臉彆扭的模樣，顯然很不擅長鼓勵別人。

「嗚嗚，君兒……」紫羽倒是淚眼汪汪，竟是先哭了。

君兒連忙安慰紫羽，隨後才跟著蘭走出更衣間。

在踏上練武場的一瞬間，她的臉上只剩下冷漠與堅強。

她和等在更衣室外的戰天穹交會了眼神，後者只是淡淡的瞥了她一眼，便不再關注。只是透過精神通道傳來一句話，為君兒添了幾分勇氣。

（……小心點。）

我會的。君兒明知道對方聽不見，但她還是在心中默默回應。

鬼先生雖然嘴上不說，但這幾天指導她的卻都是如何運用星力防禦的技巧。他透過這樣的方式，無言的表露關心，讓君兒悄悄記下了他的這份心意。

君兒站上練武場，靜靜的佇立在空蕩寬敞的平台上，目光清冷的掃視這座平台。

平台上有不少戰鬥過的痕跡，平台的基石色調有些灰敗，看起來已經歷經了無數風霜。

有多少人曾在這裡留下足跡？或許其中也有不少實力強悍的女性出現，但如今這些人最後又在哪呢？是否為了家族的利益，只能飲恨吞下被人操控命運的傷心？

「女王大人來了！」大小姐們其中一人驚呼出聲，揮舞著手希冀能夠換得來人的關注。

緋凰英姿颯爽的出現，她脫下了軍裝長大衣，改穿一套輕便的銀亮輕甲，貼身的剪裁顯露了她的好身材；粉色長髮也束成馬尾，更添了幾分英氣。

儘管裝束與以往沒有太大的差異，但她獨特的氣質還是吸引了所有人的目光。

「廢物，妳還是乖乖求饒吧，不然我可不會手下留情的哦。」

在人前，緋凰忠實的扮演傲慢女王的角色，開口第一句話便是施捨般的語詞，看待君兒的神情也是充滿睥睨，唯獨她眼中剎那閃過的猶豫洩漏了她的不情願。

君兒絲毫不畏懼的直視緋凰的雙眼，沒有退讓，只有那一往無前的氣勢。

「哼，原來女王緋凰也只會動動嘴皮子，耍耍手段而已。妳除了用紫羽來威脅我以外，就沒有別的方式能讓我心悅誠服嗎？」

君兒的挑釁回應，惹來其他大小姐不滿的眼神。

緋凰在心中嘆息，聽君兒這樣說，便知道事情已無轉圜餘地。她雖然難過，要這樣拿自己的「同伴」作沙包，但就像君兒說的那樣——這是最適合她們彼此性格的辦法了。

就像鑽石也需要經過打磨才會透亮，鐵也要歷經千錘百鍊才會成鋼。

對君兒而言，這也是個淬鍊自身心智的大好機會。

「沒有什麼能讓我屈服的。」君兒堅定的說著。

不過君兒的這句話卻惹來不少人的嘲笑。

「一個星力最低評等的廢物想要贏過女王大人?妳回去練個一百年再說吧!」

儘管所有人都不看好君兒，但緋凰卻真的相信，君兒不會因此而屈服她……或者說，屈服這束縛她們自由的「命運」。

這是一種無來由的直覺，是她從君兒身上看到的堅強延伸。

緋凰相信擁有這樣強悍心智的女孩，總有一天一定能綻發光采!

擁有這樣一位性格堅強的夥伴，也激起了她渴望再成長的信念。她很慶幸君兒是自己的同伴而不是敵人。

儘管接觸的時間不長，但君兒身上那種堅持到底的特質還是深深影響了她們。

「總有一天，我會讓妳卑微的低下頭顱的!」

緋凰上場的瞬間，練武場的防護符文也在同一時間啟動，君兒神情戒備嚴肅，卻沒有擺出任何防禦動作。為了隱藏實力，所以哪怕鬼先生教了很多，她都不能如實發揮而出。

她所要做的就只是挨打，然後小心的運用星力防禦周身，邊鍛鍊體魄的同時，也要訓練天賦能力的掌控。

緋凰眼神一凜，沒有使用武器，只是單純的用拳腳攻勢將君兒當成了沙包來蹂躪。她身姿敏捷的衝至君兒身前，直接且暴力的展開攻勢。

看著連連敗退的君兒，大小姐們紛紛叫好歡呼。

君兒艱辛的護著身上一些脆弱的部位，哪怕身上穿著護具，還是能感覺到震擊的疼痛。

場間只剩下拳腳與軀體的碰撞聲，呼應著場外的歡呼，這猶如古時期角鬥士互毆的殘酷畫面，讓紫羽默默垂淚。蘭則是緊緊抓著紫羽的手，兩人很是擔憂。

蘭看向在場外等候結果的鬼面保鑣，對他那般冷漠平靜的態度有些反感。

然而沒有人知道，那張猙獰的面具底下，男人臉上有著淡淡的心疼。

君兒緊咬牙關，身上無處不痛，那悶疼的痛楚讓她冷汗淋漓。她想要變強，而強者之路，痛苦是必須經歷的。

沒有經過風雪洗禮，花朵不會變得堅韌剛強。

這只是一個過程而已，哪怕再痛苦，只要撐過去就是海闊天空。

緋凰小心的拿捏力道，深怕被場外關注的人發現不妥，但儘管如此，君兒還是支撐不住了。搖晃站立的少女神情隱忍著痛苦，不難想像被護具包覆的瘦弱身子上有多少瘀痕青腫，但她那雙烏黑的眼卻越發燦亮了。

「只有這種程度想讓我服輸，女王大人也不過如此而已。」

「哼！」緋凰冷哼一聲，但卻是心生不忍，決定要快速結束這一次的對練。「可惜，妳注定永遠是個只會出言不遜的廢物而已，沒趣！」

緋凰面露厭倦，一記加重力道的重踢將君兒橫掃踢飛，讓她重重摔在練武場冰冷的平台上。

這一次，伴隨著沉悶的落地聲，那始終倔強站著的少女再也沒能站起。

而場外，不知何時只剩下一片寂靜。所有人都對君兒表現出的固執與堅持為之愕然。

「可惜，這一次竟沒能讓這廢物開口求饒……」良久後，緋凰兀自低語，似感嘆也有著遺憾。隨著緋凰開口，原本冷清的場間也開始熱絡起來，不少人開始嘲諷君兒自不量力，也有人讚美起緋凰的英姿。

鬼面保鑣緩緩步上練武場，沉默的將昏迷的君兒抱起離開。

這男人的意志力到底有多強悍，竟然能壓制情緒不讓自己心疼？緋凰看著鬼面保鑣離去的背影，久久不能言語。

Chapter 25

在心中萌芽的是……

心疼嗎？戰天穹在心裡自問。

懷裡的少女沒了意識，她臉色蒼白、秀眉緊蹙。不難想像她承受了多少痛苦。

明知這是一個成長的過程，但他心裡還是隱隱作痛。而手背上的誓約印記更是傳來陣陣的痛麻感，像是在代他訴說心中酸楚。

是真的捨不得，但也必須捨得，因為不這樣，君兒不會成長。

他們戰族人一向對親族無比嚴厲，狠下心來逼迫孩子成長，從小就開始磨練，這使得每一位戰族人都擁有一顆堅強的武者之心以及強悍的實力——只因真正的愛惜呵護不是溺愛，而是讓她有能力自保，不讓深愛她的人傷心。

他知道緋凰多少還是手下留情了。但誰說他不會心疼？人的心終究還是肉做的，還是會痛……

露露接到消息趕來迎接，她一看到被戰天穹放到醫療室病床上的君兒，便倒抽口氣，眼淚直接潰堤：「嗚嗚……我就說君兒小姐不應該跟女王大人下這樣的賭注嘛，現在都沒有大小姐敢當女王大人的陪練了，君兒小姐怎麼那麼傻……」

露露難過的哽咽低語，邊用沾了清水的毛巾替君兒擦去額上冷汗。

君兒很快就被安排進行高科技治療液的治療。這種治療方式可以有效的治療身體上的任何損傷及疤痕，這為了確保「商品」的完整性。

沒有這樣的安排，家族也不會任由緋凰這樣向其他大小姐發洩情緒。

＊＊＊

這一次的對練結果，自然也傳進了仍待在賓客居處的慕容吟耳中。

慕容吟眉一挑，對向他轉達這份消息的侍者繼續探聽細節。

「哦？那女孩竟然敢跟那個傲慢的女王緋凰決鬥？她就不怕受傷嗎？」慕容吟訝異君兒的勇氣，卻也對她越發好奇起來。

再聽聞君兒平日遭遇的對待，他才明白這位特別的女孩，本身性格便是這般的固執與驕傲，並不是刻意為了要讓他注意才如此。想起那天君兒對他用嫌惡的語氣說出「我討厭你」時的表情，那張秀麗臉龐上，清澈的黑眸燃著火光，讓人移不開視線。

「有趣的小女孩。我忽然可以理解緋凰為什麼會對她有興趣了。真想看看這樣堅強的人在崩潰的時候，表情會是什麼樣子呢？」

慕容吟接觸過不少女性，自認自己已能在花叢中來去自如。

女人無論年紀長幼，心靈總會有那麼一個缺口可以進行突破，只要給他機會，他就能夠徹底撕

裂那層虛偽的堅強表皮，然後徹底毀滅一個人的心。

這一次以君兒為藉口，他換來了每週能進入皇甫世家與之交流感情的機會。雖然這是他與父親早先計畫好的目的，然而君兒的意外出現卻讓他多了幾分樂趣。

「安排一個時間，我想進皇甫世家內部看看那位女孩。」

慕容吟熟練的讓侍者為自己安排一切。他心想，趁著少女受傷的這段時間攻城掠地。此時她的精神必定十分脆弱，他可以利用君兒這個虛弱的時段扭轉她對自己的印象。

對慕容吟而言，遊戲才正要展開。

＊＊＊

君兒逐漸清醒，眼前熟悉的景象讓她知道自己已經回到寢室了。窗簾透進了微微月光，讓君兒知道時間已經接近半夜了。她想要挪動身子，肌肉關節的痠澀痛楚卻讓她痛哼出聲。

「緋凰下手還真狠。」君兒嘆息了聲。

而就在她說話時，保鑣居處的房門也在同一時間打開。看著自房內走出的鬼面保鑣，君兒神情一肅，誤以為要開始今天的課程了。

「鬼先生，今天的課程我想多了解一些星力防禦的技巧。」君兒慎重的說著，決定要多學習一些防禦的技巧，省得每一次都這麼狼狽。

她的這句話讓戰天穹微微一嘆。他展開精神力場混淆了儀器，對著床上勉強坐起身子的少女，淡聲開口：「妳好好休息。」

君兒一愣，訝異一向嚴苛的戰天穹竟然會說出這種話。而看著她臉上的驚訝，戰天穹面具底下的嘴角彎起苦澀的笑弧。

「鍛鍊也要量力而為。是要突破極限而不是超出極限，我不是那種不講情理的人。」

「哦……」君兒眼珠轉了轉，接著放鬆一笑，然後撐起身子，對著朝她走來的男人詢問出聲：「那今天是自由時間囉？」

戰天穹輕輕點頭，卻因君兒那滿懷算計的眼眸而緩下了前行的腳步。

「那我要抱抱……欸，鬼先生不准逃！」

隨後，他在聽見君兒的下一句話後，立刻旋身，想直接走回房裡。

君兒氣急敗壞的看著男人旋身離開的背影，心裡突來的委屈讓她很是難過。

戰天穹最後還是沒能回到自個房裡。

嘆息了聲，戰天穹知道君兒只是單純的需要宣洩和開導，自己想那麼多做什麼？於是便又走了

回來，僵硬的將那面露委屈的少女攬進懷裡，輕輕拍著她的後背，就像是哄孩子一樣。

感覺戰天穹這有些僵硬的擁抱，君兒臉色這才豁然開朗，像個娃兒湊近對方懷中。她也因為這安心的擁抱而瞬間感覺到心靈的平靜。

這男人雖然嚴肅冷酷，卻是鐵漢柔情，標準的吃軟不吃硬。哪怕他心裡糾結，最後卻總會無奈的給她一個擁抱聊表安慰。

戰天穹手心貼上君兒的後背，運用星力替她舒緩身體的疼痛，暖暖的感覺讓君兒像隻貓兒似的舒服的微瞇眼眸。

「……我討厭慕容吟。」窩在戰天穹懷裡，君兒想起早先露露說的事情，皺了皺眉心，面露厭惡。「真不曉得那些大小姐為什麼會喜歡他，那傢伙不就是個虛偽的世家少爺而已嘛！」

戰天穹自然也在事後知曉了宴會當時君兒發生的事。想到那位世家少爺對君兒的特別關注，他下意識的眉心緊鎖。

他發現，自從君兒上次說要嫁給他，再加上他知道君兒能夠免疫他的噬魂詛咒後，自己的心情更容易受到她影響了。

「小心那個人。」戰天穹淡淡的告誡君兒。歷經人世千年風霜後，什麼樣的人都見過了、經歷的事也多了，他自然看得出慕容吟那花花腸子在想些什麼。

無非就是把君兒當成一個狩獵的新目標罷了。

當然，更深層的就牽扯到家族紛爭了，這點君兒還太年幼，他不希望她被牽扯其中。

君兒俏皮一笑：「鬼先生你放心，我不會喜歡上別人的，因為我跟你約好要嫁給你當老婆了！」她拍拍胸口做保證，表示自己不會「移情別戀」。

「……我可沒答應這件事。」

戰天穹輕哼了聲，屈指彈了君兒腦門一下，雖然力道不大，還是讓少女不滿的噘嘴。

「不管啦，你說等我長大的！你身為絕世強者不會說話不算話吧？」君兒氣惱的就想摘下男人的面具卻被制止。

看到戰天穹的眼神因為自己提到某個字詞而變得冷厲，君兒心中一酸，放棄了想要拿下他面具的念頭。

「強者嗎？呵……」戰天穹苦澀一笑，對君兒的稱呼不予置評。這樣的稱呼讓他心泛酸楚。可以的話，他寧願不要這份力量、不要那個頭銜、不要承受這樣的罪罰。

感覺到戰天穹似乎被她的一個稱呼戳痛了心中傷口，君兒有些苦惱，卻是死死揪著他的衣衫，不讓他有機會逃開。

「無論外面的人如何說，你就是你，我的鬼先生。」

戰天穹因為君兒這樣單純的直接說詞而心悄悄一顫。他輕聲告誡，語氣無奈的說：「別告訴任何人妳認識我的這件事，那會替妳帶來災難。」

自己的真名幾乎無人知曉倒也還好，也因為他千年前的誓言，連族人也不被允許知道他的真名；而他在人類世界的稱呼，是象徵著血腥殺戮以及災難。

一旦君兒不小心透露出他們之間的關聯，這可能會替她引來無數危險也不一定。

「……以後你會告訴我關於你的一切嗎？」君兒平靜的詢問。

她並不是個好奇對方一切經歷的人，如果他不願說，她會收起自己的好奇；但如果他願意說，她也會安靜傾聽的。

「如果妳長大之後還想知道的話，我就告訴妳。」戰天穹結束了簡單的療傷，將君兒輕輕推離自己懷抱。

遽然消失的溫暖讓君兒不滿的開口抱怨：「哎，多抱一會又不會少層皮。」

但我會克制不了情緒。戰天穹沒把這句話說出口，只是好笑的看著君兒氣悶的模樣，這讓她看起來精神多了。

最後他們又聊了一會，戰天穹才催促君兒繼續睡覺好好休息。

臨走前，他還不忘再一次語氣嚴肅的提醒君兒：「小心慕容吟。」

話才說出口，他便為自己這充滿些微醋意的語詞感到愕然。手背上的契約傳來的痛楚，似乎在提醒他又浮現了不應該出現的情緒，讓他有些苦悶。

「放心，那傢伙根本不對我的眼。而且他還沒比鬼先生好，不用擔心。」君兒自信一笑，沒有發現戰天穹語中的急切。

「妳這丫頭……算了，妳早點睡。」

見君兒沒發現，戰天穹鬆了口氣，這才有些狼狽的道了聲晚安離開。

回到房裡，戰天穹的氣息遽然變化，暴戾的氣質恍若惡鬼一般。

他拿出簡便攜帶的卡片式光腦系統，翻閱起了遠在世界另一端的族人留給他的訊息。

自從他授意家族公開與皇甫世家為敵以後，所有與之有關的訊息都會固定傳來，讓他更能夠了解事態經過。過去他也都是透過這樣的形式關注家族的事件，但因為他一向不插手家族事務，所以倒也沒有多加理會。

只是這一次情況不同，因為是由他主動挑起爭端，所以族人會自發性的尋求他的指示。

看著光腦介面上顯示的訊息，戰天穹眼神冷酷。

「皇甫世家打算跟慕容世家聯合嗎？看樣子他們也承受不住壓力了，才會選擇用這樣的形式同

盟。」他微瞇赤眸，很快又下達了幾個指示。

而當他隨後看到來自於戰族族長，也就是君兒爺爺的弟弟發來的訊息，這讓他微微一愣。在得知兄長的下落以及其託孤的少女存在後，對方似乎很想見見那位少女，希望能更了解戰無意失蹤這些年來的經過。

訊息中急促且擔憂懇切的語詞讓戰天穹有些猶豫，不知該如何應對。最後，戰天穹只能公事化的提及自己會代為照顧君兒，並轉達了一些君兒的狀況，爾後結束了訊息回應。

戰天穹坐在床榻上，隻手掩額，神情苦惱。

說老實話，他真不知道該如何跟族人解釋他和君兒之間的複雜關聯。他承認自己對君兒的「星星之眼」以及她能夠免疫自身詛咒的能力有所圖謀，但這樣好嗎？君兒雖然口口聲聲說要嫁給他，但是幾年後她還會這樣想嗎？

人的心，無時無刻都在變化，現在決定的事情，可能過了幾年再來選擇又會變得不一樣了也不一定。

戰天穹緊握住傳來陣陣痛楚的左手，他靜靜的望著手背上正閃動警告紅光的契約印記，明知自己應該要收斂這樣的心情，卻怎樣也按捺不住心中所想。

他真的，不知道該拿這丫頭怎麼辦才好了。他也承認，自己，似乎真的愛上這丫頭了……

Chapter 26

我是眞的很討厭你

君兒休養幾日後身體很快就恢復健康了，這不得不歸功於現今醫療系統的神效。只是，因為醫生要求她盡可能的多休息，使得露露一直不願意讓她恢復上課。

休息個一兩天倒還可以接受，但若是時間一長，那休息就變成一種折磨了。君兒沒辦法忍受在自己身體已經復原的情況下，還要浪費時間休息而不去上課學習。

「君兒小姐，您至少要休息滿一個星期才能回去上課啦！」

「不行，請假會扣評鑑！這樣我離回家看看又更遠了！不然就算不能上課，露露妳也得幫我去跟課程老師要作業，我不想落下進度被人笑話。」

在這方面，君兒顯得特別執拗。

因為這關係到她能不能儘早回去故居看望的時間，更別提她都嫌每天的時間不夠用了，怎有可能將寶貴的時間浪費在漫無目的的休息上？

「君兒小姐，您就不能——」

「我不管！」

君兒氣惱的跟露露爭論，還離開床榻，向露露表明自己已經完全康復的良好狀態。只是她臉上些微的蒼白，還是讓露露怎樣也不能安心。

求助無門的露露只好望向鬼面保鑣，誰知，戰天穹只是淡淡的瞥了她們兩眼，然後冷漠的丟出一句：「保鑣不負責照顧大小姐的生活起居。」

言下之意，就是要露露自己看著辦。

他每晚操練君兒，自然知道君兒早就好到不能再好了。

醫生完全是因為君兒先前頭疼病的先例，而要她多休息罷了。

想到君兒每晚都在跟他埋怨自己學習進度又落後的事情，他不經意的彎起一抹笑，好在有面具遮掩，沒有人看見。

君兒見硬的不行，便拿出撒嬌攻勢，死纏爛打的讓露露苦惱不已。

最後露露被她鬧得沒辦法了，只好勉強同意君兒的提議，替她去向各科任課老師索要作業。

終於拿到作業的君兒笑得是一臉燦爛，儘管那疊沉甸甸的作業代表著忙碌，對君兒而言卻像是拿了優勝獎杯一樣——在這個枯燥乏味的環境裡，學習可說是她唯一排遣寂寞的樂趣了。

「對了君兒小姐，紫羽小姐請我將這個交給您，是她這段時間記錄的課程筆記唷！紫羽小姐真是個好女孩呢。」露露遞出一張薄薄的卡片，在君兒的光腦系統上刷過，將紫羽分享的資料傳了過去。

「沒意外的話，晚點紫羽小姐會來探望您哦，她還說如果您有什麼作業上的問題，她可以協助您。」

露露繼續說著，讓君兒唇邊的笑意越來越深。

紫羽雖然課業一直成績普普，卻總是為了她，非常用心的整理資料給予協助。朋友的這番心意她會記著的。

而就在君兒埋首作業時，露露意外的接到了上級聯繫。

當她結束聯繫後，小臉上浮現了幾分驚喜神情。

「君兒小姐，慕容少爺下午要來探望您唷！」露露笑盈盈的開口。心想下午要將君兒打扮得漂漂亮亮的，讓慕容少爺對君兒留個好印象。

誰知，君兒馬上面露抗拒，張口就想拒絕，卻被露露嚴厲的瞪視打斷了埋怨。

「君兒小姐，您已經頂撞過慕容少爺一次了，這次要是再拒絕的話，沒有人可以保證您之後又會受到什麼處罰唷。這一次是慕容少爺好心替您求情，下次您可就沒有那麼幸運了。」

露露笑容溫柔，卻給人一種陰森感。

「而且，上一次您頂撞慕容少爺已經扣了不少評鑑積分……相信您也知道外出一次要累積多少評鑑，這樣拒絕真的好嗎？若是能夠讓慕容少爺盡興離開，也能夠換來不少積分唷，相信您是聰明人，應該知道怎麼選擇才對。」

露露半利誘半威脅的說道，看著君兒因此動搖的神情，輕輕的點了點頭，知道點到即可。若是多說了，反而會激起君兒的傲性，這可是她這段時間跟君兒相處得來的經驗之一。

果然，君兒在聽見這番攸關評鑑衡量的語詞後，原本抗拒的神情馬上鬆動了。離家已有數個月，雖然知道爺爺已經被戰族人妥善安置後事了，但她還是希望能夠回到故居去看看。

不為其他，只為了結一樁心事而已。

「……那好吧，我去總行了吧。」君兒冷冷的應答，只是那咬牙切齒的模樣，可以見得她有多不樂意。

「嗯嗯！這是明智的選擇。晚一點我會替君兒小姐裝扮一下。就請您試著和慕容少爺先從朋友做起吧？您也可以藉機多認識一點慕容少爺，就會知道他其實沒有您想像的那麼壞，搞不好您還會喜歡上他的幽默風趣呢。」露露鼓勵道。

然而這話聽在君兒耳裡卻是萬般諷刺。

「我盡量。」她冷淡的回應，繼續埋首作業，不再去想這個問題。

當朋友？那個人根本不是真心誠意的，慕容吟看待她們的眼神就跟審視一件貨物沒兩樣，這樣的人要怎麼做朋友？虛偽應對嗎？抱歉辦不到！她的個性就是直來直往，喜歡就是喜歡、討厭就是討厭，要她對討厭的人還要擺出虛偽的笑臉，那根本不可能。

她是真的很討厭這個人，無來由的討厭。從他輕浮的語氣到眼神以及輕佻的行為舉止，實在是讓她厭惡到極點。

哼，還是鬼先生好。君兒在心裡嘀咕著。

君兒沒有發現，自己總會無意間將其他人拿來跟戰天穹作比較。而且最重點的是，戰天穹對她的關心是發自真心，不像慕容吟只是表面做作而已。

哪怕他裝得再完美，都躲不過君兒一雙慧眼。

「煩……」君兒無意識的埋怨道。

見君兒面色冷漠，甚至還流露嘲弄笑意，這讓露露有些不悅，但她卻忍下了開口告誡的念頭——僅因慕容吟向皇甫世家提過，他就是喜歡君兒這樣的性格，希望皇甫世家不要刻意扭曲她的性子，要她繼續保持這樣的率真。

只是想著不久後的會面，若君兒還是拿這樣冷冰冰的面孔去面對慕容少爺，還真是讓她覺得有些不妥。

幾番思考後，露露還是隱晦的提醒君兒，別忘了淑女的禮儀。

「我會保持微笑的。」

君兒彎起一抹笑，然而那笑顏看起來卻是無比虛偽，看得露露搖頭嘆息。

見時間差不多了，露露開始催促君兒更衣，然而君兒根本沒打算慎重對待。

「我穿這樣去就好了，沒必要為了那傢伙打扮。」

君兒整了整身上的穿著，看著在鏡子前簡潔大方的米色連身長裙，輕輕點頭表示滿意。她並不打算更換隆重正式的衣服，打算就這樣與慕容吟會面。

雖然她身上穿著的並不是禮服，只是單純的女性服裝，繞頸連身裙、輕便的包鞋，但這對從貧民窟出來的君兒已經是過去難以求得的舒適服裝了。

露露氣惱不已，最後真的拿固執的君兒沒辦法了，任由她穿著尋常衣物跟慕容少爺會面。

「君兒小姐，至少也讓我為您上個妝吧？」

這一次露露很堅持，君兒也知道不能太超過了，只好順著露露的意，任由她在梳妝檯前為自己打理。

或許露露打算突顯君兒嬌柔的一面，這一次的妝容不像宴會那次那樣的正式優雅，反而多添了幾分溫柔女人味，搭上此刻帶有幾分虛弱的氣質，君兒馬上在露露的巧手下化身成了一位嬌怯可人兒。

「……唉。」君兒看著鏡中大變了模樣的自己，面露苦悶。「妝扮的再漂亮，但別人欣賞的究

竟是這個化了妝的我，還是妝容底下那個真實的我呢？」

「當然要打扮得漂亮，男人才會被君兒小姐吸引呀，沒有人會喜歡醜小鴨的。」

君兒呢喃般的話語沒能得到露露的共鳴，卻是一旁始終沉默的戰天穹輕輕的朝她望來一眼。君兒此時流露的淡淡哀傷，搭配著嬌柔的妝容，一時間竟讓他忘了移開目光。

察覺到戰天穹的失神，露露輕咳了聲，警告似的瞪了回過神來的保鑣一眼，卻是藉此讚美了君兒一番。

「您瞧瞧，連保鑣先生都為君兒小姐看傻了眼呢。誰說化妝不好？男人喜歡漂亮的女人，女人喜歡帥氣的男人，這是很正常的。君兒小姐也是個美人胚子，長大以後一定會讓慕容吟傾慕的……呀，我都忘了，現在慕容少爺就迷上了君兒小姐這樣獨特的性格了呢。這樣以後您的機會就更大囉。」

君兒沒有回應，她低垂著頭，因為聽見露露說鬼先生看著她出神的這句話而有些欣喜的臊紅了小臉。但她不敢看向他，深怕會被露露看出什麼來。

＊＊＊

為了確保大小姐的隱私不被干擾，所以會面一向是安排在交誼廳。哪怕君兒身體不適而需要休息，但因為家族規定，所以慕容吟沒辦法進入寢室看望她。

熟悉皇甫世家這項規矩的慕容吟率先抵達交誼廳，享受著女僕奉上的茶點，在等候時，邊暗中觀察皇甫世家的設備及環境，邊思索等會要如何應對君兒。

「慕容少爺，君兒小姐來了。」露露率先君兒一步踏進交誼廳，對著廳中沙發上等候的男子恭敬的說著，邊微笑的引領身後的君兒進入交誼廳。

當慕容吟看到穿著「樸素」的君兒，他很是訝異君兒竟然不像其他大小姐一樣，在與他會面時總愛裝扮的花枝招展。這樣難得一見的清爽風情，讓他不由得眼睛一亮。

還記得宴會那時，這位小女孩因為化妝以及服裝的關係，猶如粉雕玉琢的娃娃一樣。沒想到褪去奢華的禮服、卸下厚重的妝容，還能有這般嬌柔可人的一面。

露露注意到君兒臉上再度沒了笑容，便在慕容吟目光不及的地方對君兒比了個「要微笑」的手勢。這才讓君兒微微揚起一抹淡漠的笑容。

隨著君兒落坐，慕容吟狀似關切的詢問道：「君兒小姐，看妳好像很虛弱的樣子，很抱歉在妳休養的時間讓妳出來與我會面。」

只是慕容吟這番關懷的語詞沒辦法得到君兒的善意，她微斂笑意，隨後開口第一句話便直白的

說：「慕容少爺，如果你真的覺得抱歉就不會來叨擾我休息了。」

這番暗藏指責的話，讓慕容吟登時一愣。佇立一旁的露露更在心中叫糟。

然而君兒似乎沒打算就此停止，她繼續語出驚人：「還有，我是真的很討厭你，所以以後請別再來騷擾我了。」

所有待在交誼廳的人，都因君兒這冷淡又直接的一番話而全都傻了眼，廳中陷入一片寂靜。

慕容吟笑意凝固在嘴邊，因為君兒的拒絕而感覺面子盡失。

這是他第一次不受待見，也更堅定了自己一定要讓君兒臣服的念頭。

「我還以為君兒小姐受了傷，脾氣會稍微收斂一點，沒想到君兒小姐還是一樣火力十足，想來狀況應該好多了，這樣我也就安心了。」慕容吟淺笑，繼續表示關心。他可沒那麼容易退卻。

君兒臉上的疏離笑意仍在，除卻先前的惱火，此時神情已經恢復平靜，冷漠的回望慕容吟關注審視的目光。

「既然你已經見到我了，那這一次的會面可以結束了嗎？我想回去休息了。」君兒淡漠的回應。

慕容吟則對君兒這般如風雲變化莫測的情緒感覺有趣。

「君兒小姐，反正您最近也沒有課程，我知道您最近很無聊，不如就陪慕容少爺聊聊天吧？我記得您一直對新界很有興趣，而慕容少爺可是去過新界的人唷，知道很多新界的趣事，相信您會感興趣的。」露露見君兒萌生退意，趕緊將她欲起身的動作強勢的按回座位上。

聽露露這樣說，慕容吟對女僕投了一抹讚賞目光，隨後放緩嗓音，試圖說一些新界的趣事吸引君兒注意。

慕容吟見君兒對自己百般抗拒，也知道自己不能急於一時。

「既然君兒小姐對新界有興趣，那我就隨便說說我的經歷好了。」慕容吟清了清嗓子後說道。

君兒在聽聞他要講述新界趣聞的時候，原本躁動不耐的神情漸緩。

慕容吟認為君兒這樣的安靜傾聽是一個好的開始，原先的不滿稍微平復了些。

不得不說，慕容吟是一位非常擅長說話的男子，他講述的內容十分生動鮮活，讓君兒不禁跟著他講述的趣聞經過，時而面露訝異或顰眉。

但君兒也在其中聽出了慕容吟語中暗藏的玄機。

儘管慕容吟沒有直白的誇獎自己，卻多少誇大了自己的成就與經歷過的危險，同時也刻意簡單帶過旁人的功勞，就彷彿他才是出力為多的那個人。

若是尋常女孩，怕早就被能言善道的慕容吟哄騙過去，但可惜君兒是位心思縝密的女孩，因為過往的經歷，她很快就判斷出慕容吟的話語中哪些是誇大，或者是刻意被忽略的細節。

而或許是見君兒的情緒反應沒有自己預料得大，慕容吟挑選了他自認為戰績非凡的經歷，就是希冀能換得君兒對自己的好感，於是他提到自己與某位戰族遊歷在外的子弟起衝突的事件。

明白原界之人並不清楚戰族的豐功偉業，慕容吟先是貶低了一番對手，同時還不忘將事件的經過修改成對自己有利的內容。

滔滔不絕的他，沒注意到君兒的眼神變得極為冰冷。

「哦？能讓慕容少爺慎重以對的對象想必也是一方大族吧？但我怎麼沒有聽過『戰族』呢？」君兒佯裝困惑，刻意詢問慕容吟有關「戰族」的事情。

但慕容吟只是簡單回答了君兒對戰族的疑問，刻意結束了這個話題。

君兒察覺到慕容吟似乎很是避諱討論到「戰族」，她又想到紫羽跟她提及過新界局勢有些不穩的訊息，於是她也順著對方的意圖，另外轉移了話題，假裝自己對於慕容、皇甫兩世家在新界的狀況有所好奇，旁敲側擊的得知零碎消息，她多少推測出了新界現在的情勢。

她猜想，慕容世家留居皇甫世家，美其名是交流互動，但搞不好另有圖謀也不一定。

「君兒小姐似乎對新界很嚮往？」慕容吟最後將話題引到君兒身上。

這話題讓露露豎耳傾聽，只要君兒回答的不對勁，她就會回報上級。

君兒心情平靜，淡然一笑。而這抹早熟的優雅笑容也讓慕容吟有了些微閃神。

「這個世界沒有人不嚮往新界吧？不過……」

她頓了頓，讓所有等候她答案的人都吊起了心。

君兒語帶遺憾的說道：「聽說那是一個殘酷的世界，我這個星力評等最低的廢物，怕是窮盡一生心力也無法前往那個奇蹟的新世界吧？」

君兒的自嘲讓慕容吟為之一愣，他這才想起，眼前這位神態較同齡女孩成熟的少女，之所以會被評為低等商品的理由，便是因為她的星力評等是最低等、最沒有潛力與培養價值的。

一向勢利的慕容吟知道君兒的未來發展有限，聽她這樣說，眼神便在瞬間閃過一絲嘲笑，不過很快就掩飾過去。他溫聲安慰君兒，不知曉君兒早把他先前的神情都看在眼裡。

「真可惜呢，君兒小姐……希望下次還能再跟妳一同分享新界的趣聞。」慕容吟言詞中表露辭意。

然而聽出他語中的疏離的君兒，心情雀躍了起來。她希冀對方最好因此再也不要找她。

「希望還會有那個機會。」君兒難掩臉上飛揚的情緒，優雅得體的說出回應。

只是君兒臉上的喜悅與平穩的話語截然相反，慕容吟看出少女是在虛與委蛇，頓時心生不悅。

他身為慕容世家的天之驕子，何曾受過這樣的忽略與冷漠的對待？她越是這樣，便越激起他的征服欲。

「君兒小姐，和妳聊天很愉快，下次我還是會再來的。」慕容吟皮笑肉不笑的說著。

君兒神情一僵，懊惱自己竟不經意的流露情緒。既然心意已經敗露了，最後君兒乾脆輕哼了聲，不發一語的瀟灑離去。

＊＊＊

戰天穹只是沉默。先前慕容吟貶低戰族的語詞，似乎沒辦法動搖他的心神。

君兒走在回房的走廊上，目光有幾次悄然瞟向一如往常安靜的鬼先生。

她有些擔心他。她知道鬼先生是位重視家族甚於自身的人，慕容吟這樣的說詞相信一定多少會讓他感覺憤慨。

看著沒有任何反應的鬼先生，她心裡有些難受，知道他又在壓抑自己的心情了。

露露跟在君兒身側，看著君兒顰眉的側臉，誤以為她因為先前與慕容吟的會面而感覺不悅，她打算說說一些慕容少爺的好處，希望能讓君兒削減對他的敵意。

「慕容少爺真是風趣呢，聽他這樣說，害我也好嚮往新界哦。若我的丈夫會是這樣一位博學多聞的男子那該有多好？這樣日子一定天天充滿樂趣，不會無聊了。」

「那妳嫁給他好了。」君兒冷漠的說著。

露露窘迫一笑：「唉唷君兒小姐，這怎麼可能啦！您怎麼還是那麼討厭慕容少爺呢？要知道他都親自來向您表達善意了，正所謂伸手不打笑臉人，君兒小姐您這就不對囉。」

君兒顰眉，不悅回應：「如果是隻蒼蠅在對妳微笑，妳是不是就不打他了？」

「呃……」君兒的這句話讓露露尷尬的不知如何回應。

露露看著神情冷漠的君兒，嘆息了聲：「君兒小姐，有時候我真的很懷疑，您對紫羽小姐表露的溫柔是真的嗎？那為什麼對慕容少爺就沒個好臉色過？」

「那是因為……」君兒的視線有些飄忽，卻沒敢望向身後隨行的鬼先生。

「我的溫柔只展現給我重視的人看。」

戰天穹在聽到這句話後，腳步有了些微的停頓。

他明白自己或許也是能得到她重視的其中一人，不禁有了更多期盼。

只是，他也越來越難壓抑自己容易被君兒影響心情的情況了，總是得小心翼翼的藏起烙印著契約的左手，以免被人察覺到契約的異狀。

Chapter 27

卓越成長

很快的，兩年的時間飛快的過去了。

這段時間裡，緋凰讓紫羽監控新界各家族的情況。果然不出所料，慕容、皇甫與戰族，這三家間的衝突越演越烈，而首當其衝的便是戰族公開與之為敵的皇甫世家。在各領域都遭到戰族重大打擊的皇甫世家，甚至因為資產動盪而失去了不少商業夥伴與盟友，據說還虧損了不少資金，最後不得不選擇與慕容世家同盟，接受了來自慕容世家的援助。

可紫羽卻查到，這次同盟皇甫世家為了聊表誠意，決定與慕容世家聯姻的消息……

寬敞的走廊上，君兒一行三人正往某處前進。

在這段時間的淑女禮儀薰陶下，君兒舉手投足間帶上了幾分優雅。而發育的身形與日漸美麗的容貌，以及不曾剪過的黑髮如今長及腰背，逐漸成熟的她已然成了皇甫世家中一道亮麗的風景。

如今的君兒個性越發沉穩，儘管固執依舊，卻不像以前那樣犀利。這也多虧了慕容吟這一年來不曾間斷的「騷擾」，讓她學會更高明的應對技巧。

也因為見證了君兒這樣的變化，慕容吟反而更難放手征服她的渴望。對他而言，越難征服的獵物越有征服的價值。

這讓君兒在頭疼不已的同時，也拿這位死纏爛打的大少爺很是沒轍。

就在君兒正要轉進通往寢室的走廊時，緋凰的女僕卻在此時意外的出現在走廊轉角，她面無表情的朝君兒恭敬彎身。

「君兒小姐，女王大人找您。」

君兒眉頭一蹙，神情不由得嚴肅了起來。緋凰前幾天才找過她，怎麼最近如此頻繁的傳喚她，就不怕惹來上頭關注嗎？莫非，新界那邊有什麼緊急消息需要讓她知道？

露露倒是擔憂的對君兒提醒了幾句：「君兒小姐，最近女王大人的脾氣很暴躁，您要小心唷……那我就先去處理其他的工作了，稍晚我會去醫療室接您。」

「都快兩年了，那女人還是不死心嗎？」君兒佯裝冷笑。

露露沒有答話，面露苦笑。

君兒多少能猜到緋凰最近的憂慮何來。應該是感覺到時間逐漸變得緊繃，尤其是在查到兩族將要同盟聯姻的消息後，她的煩躁不安也影響了其他人。

為了因應隨時都有可能發生的意外情況，君兒讓紫羽加強了消息監控。

所有夥伴盡可能的在短時間之內提升實力，以求未來有任何突發狀況發生時，大家有能力可以保護好自己。

就在君兒思考時，不知不覺已然進入緋凰居處。

一如往常，保鑣阿薩特已經等在路口。

領路的女僕將君兒與戰天穹兩人領至阿薩特面前，便躬身行禮隨後離開。

「君兒小姐、鬼先生，小姐大人已經等候多時了。」

阿薩特在女僕離去後，原本冷漠的表情變得熱情起來，他抬手就想搭上戰天穹的肩，卻被那雙遽然降到冰點的赤眸瞪視止住了動作。

「真凶，連搭個肩都不行，我們都那麼熟了。」阿薩特無奈的摸摸鼻子。

哪怕這段時間他們兩位保鑣因為彼此大小姐的因素，互動較為頻繁，但是戰天穹始終保持一開始的冷漠，不讓阿薩特有機會了解或者是靠近他。

這男人唯一開口的時間，就是偶爾參與討論、給予意見。然而戰天穹卻不像阿薩特積極參與緋凰等人的逃跑計畫，只是補充計畫的疏漏點而已。

也因為他這樣的冷淡，讓緋凰有好幾次懷疑他其實是皇甫世家派來君兒身邊的暗棋，還是君兒再三保證，緋凰才選擇相信這位神秘寡言的鬼面保鑣。

君兒看著阿薩特面露無奈，便輕輕一笑，說道：「阿薩特先生你別在意，鬼先生一直都是這樣的性格。」

「我知道。」阿薩特苦笑，卻是玩味的看了君兒一眼。

目前唯一能讓這位冷漠寡言的鬼面保鑣開口說話或者是有情緒反應的，也只有眼前這位笑容可人的黑髮少女了。不難看出，這位少女在他心中占了多大分量。

阿薩特想起君兒這段時間的成長與那始終不變的堅持，看待君兒的目光不經意浮現欣賞。

戰天穹冷漠的望了阿薩特一眼，卻也因為旁人對君兒投以的欣賞目光而為她感到驕傲。這段時間，他親自參與了君兒的成長，他知道君兒值得別人這樣的眼神。

「鬼先生，『吾家有女初長成』的感覺如何？」阿薩特感嘆道，身為哥哥的他，這段時間他也看到了緋凰的成長。

只是阿薩特的這句話卻讓戰天穹原本平緩的目光變得深沉。他面具後的赤眸，正目不轉睛的注視著君兒的背影，帶上了一絲迷惘……

或許同為男人，阿薩特一眼就看出了戰天穹的迷惘從何而來。他輕輕一嘆，用只有戰天穹能聽見的聲音，小聲的說：「……心情很複雜對吧?那曾經細心呵護的青澀女孩，如今開始綻放美麗的風情。一想到會有很多男人覬覦自己寵愛的她，就會覺得非常不爽。」

戰天穹只是回以嘆息。

時間不但沒有淡去情意，反而因為朝夕共處，讓這樣信賴又依戀的情感進駐得更深，然後不自

覺的渴望更多。

偶爾會因為少女的回眸一笑而止住呼吸；有時會看著少女的臉龐而出神恍惚；因她久久一次的委屈落淚而心裡泛疼……

「君兒！」

遠遠的，緋凰高喊的聲音便傳了過來。她一反常態的主動迎接，好在四周沒有監控儀器，女僕與傭人也被禁止進入這一區，不然她們苦心經營的敵人關係可就徹底破滅了。

阿薩特因為緋凰這樣反常的舉止而劍眉緊鎖，一個箭步就將緋凰攔了下來。

「緋凰，保持冷靜！有什麼事回去再說。」比起緋凰的焦躁，阿薩特倒是冷靜許多。

「我知道，但是……總之，君兒妳快來，發生大事了！」緋凰絕豔的臉蛋有著焦慮和緊張，沒了以往的平靜驕傲。

君兒不解緋凰的焦慮何來，卻沒有被緋凰感染焦躁，嘴邊依舊是淡淡的笑意，這樣的笑容奇異的讓緋凰逐漸冷靜了下來。

在來到練武場旁的涼亭後，緋凰喝了幾口茶平復了心情。

「慕容跟皇甫確定要聯姻了！……而聯姻的對象，將從我們原界的大小姐中選出！選親宴的消息也在家族核心成員裡流傳了，不久後就會正式公開。」

君兒眼眸一轉，原本平靜的眼神閃過一絲燦光。她站直身子，臉上因此有了些微激動：「這是個大好機會！選親會後必有一場大型婚禮，皇甫世家一定會邀約各大世家和家族參與，我們可以製造混亂，趁機逃脫！」

「但既然是大型婚禮，戒備一定更森嚴的。」緋凰一皺眉，覺得有些不妥。

君兒卻是笑得開懷，解釋道：「森嚴，就等於皇甫世家的警衛人員全都放在婚禮的戒備上，若是婚禮中混亂發生，他們必須全心應付混亂——這樣就沒有時間管我們了，不是嗎？」

緋凰倒沒有君兒想得那麼多，只是她還是認為這樣是否太冒險了？

君兒輕笑了聲，黑眸裡滿是狡猾的算計。

「還記得之前，我讓紫羽去盜取幾個大世家與大家族核心成員的財產帳號與密碼嗎？那些都是為了這個時候所做的預備動作，如果消息真的確定，那些帳號密碼將能夠成為協助我們逃離的絕佳工具。」說完後，君兒慢悠悠的啜了口茶。

緋凰面露了然，同時也對君兒這麼早就預先計畫好這件事而感到訝異。但她隨即再度顰眉，指尖撫上了左耳上的定位監控符文耳環。

「或許這就像妳說的是個大好機會，但妳破解定位耳環的進度怎麼樣了？一旦選親宴結束，皇甫家迫於慕容家的壓力，一定會儘快舉行婚禮的。我們所剩的時間不多了。」

在聽見緋凰提起耳環的事情後，君兒心中浮現了不安。

在鬼先生的魔鬼訓練下，在短時間之內她的修煉有了傲人的成果。但不知為什麼，最近她的星力修煉似乎到達一個瓶頸，無法再有更進一步的突破。

君兒明白，她在這四人團體中扮演的是冷靜以及保持正面思考的角色，如果她的信念動搖的話，其他人也會受到影響。

緋凰她們將一切都賭在她身上，她絕對不能讓大家失望！

所以哪怕她心裡不安，她知道自己絕對不能表露出來。

看著緋凰擔憂的望著自己，君兒坐直身子開口道：「請相信我們一定辦得到！我有預感，最近我就快要突破瓶頸了。近期內我就可以進行定位耳環的破解。相信我們一定能逃出去，一定能夠自由的！」

這些話不僅是要鼓勵緋凰，同時也是激勵自己不可放棄逃離皇甫家的念頭。

「……嗯！」看著君兒眼中那未曾動搖過的自信，緋凰也逐漸恢復了往常的狀態。

「那我們先來計畫一下未來的逃跑計畫吧。」緋凰終於轉移了話題。

這些日子以來，在磨合與計畫之下，她們四人在團體中也各自有了最適合的工作分配。

紫羽負責監控資料；蘭負責統整資料；緋凰負責大局規劃和資源調度；君兒則負責細節補完、

分析局勢等。

緋凰計畫了一個主方案以及兩至三個替代方案，主要的計畫進行將會圍繞著婚禮發展。主要的計畫將會採用君兒的意見，利用紫羽盜來的帳號密碼去聘請一些傭兵或者是組織在婚禮上搗亂；而蘭和紫羽則為計畫去查找及整理出最適切的資料提供參考。

但考慮到最後選親宴時，她們四人都有可能被選上，若是被選為新娘，便會因為身分的慎重而多了幾分危險性，這點得細細琢磨，以免計畫失敗或生變。也因此，緋凰為每個人制定了因應各種不同可能情況的計畫，這是考量到每個人在這場「婚禮」中可能扮演的角色，而各自負責的任務。

最後再由君兒將細部規劃補完，紫羽繼續監測消息，蘭則是擔當緋凰暗中的消息傳遞員，將消息定期轉達給其他人知道。

就在這次的討論中，她們的逃跑計畫也逐漸有了雛型……

這一次，戰天穹和阿薩特沒有參與兩位少女的討論，阿薩特似乎有什麼話想要單獨找戰天穹商談，便帶著戰天穹來到練武平台之上。

阿薩特神情嚴肅，開口問道：「鬼先生，看來逃離計畫即將在不久後實行，屆時我們是否需要前去破壞皇甫世家的『靈魂誓約』核心？只要破壞掉那個核心，所有簽訂『靈魂誓約』的人都能夠

得到釋放，這樣子我們就可以和緋凰她們一起離開了。」

阿薩特將自己的想法提了出來。原來他暗中一直在觀察並計畫毀壞「靈魂誓約」核心的任務。只要契約的核心被破壞，他們就不會因為違反契約而靈魂湮滅了。他希望能夠給予緋凰更多的協助，只要有他們的加入，相信逃跑計畫一定能進行的更順利。

戰天穹將目光轉向阿薩特，對他提出的提議，只是淡漠回應：「我沒打算幫助她們。」

「呃？！」阿薩特一愣，沒料想到戰天穹會這麼說。他震驚的看著戰天穹，卻只能看見那雙赤眸裡的冷漠。「你不打算幫助你的小未婚妻嗎？」

「君兒必須靠自己的力量逃出皇甫世家，我不會插手。」

聽著戰天穹這般冷酷的話語，阿薩特忽然又覺得自己更加看不清這個男人了。

明明如此重視對方，為什麼卻讓對方獨自面對如此沉重的一件事？

注意到阿薩特眼中的譴責，一向習慣沉默的戰天穹自然也不予解釋。

他可以擔當君兒的守護者，但絕對不會插手她的成長。哪怕見她受傷自己會心疼，但他仍選擇隱於黑暗中，默默守候在她身後，安靜的看著昔日那稚嫩的女孩，逐漸成長為能夠撼動世界的燦爛星星！

然後，或許有一天，這顆星星會願意成為照亮他黑暗的燈火……

Chapter 28

告別過去

「嗚！」又一次衝關失敗，星力反噬的痛苦讓君兒痛呼出聲。

這是她不知道第幾次失敗了，她卡在這個瓶頸期已經有一段時間了。

之前她憑著努力，短短時間內就踏入武者最低門檻流星級，一路順遂的直上衛星級，就在她以為自己能夠一舉突破到行星級的時候，卻發現實力再也無法提升了。

君兒知道她修煉上的第一道關卡來了。

她沒有忘記和戰天穹的約定：只要她能在兩年內踏足行星級，他就會幫她強制開啟精神力。但眼見選親宴的消息就要正式公布，連一向心靜如水的她也忍不住浮躁了起來。

「又失敗了……」君兒喘著氣，拍撫著自己疼痛的胸口，表情滿是遺憾。

守在一旁的戰天穹只是淡淡的看了她一眼，微顰的劍眉無言的透露著對她的躁進感到不悅。其實君兒的實力遲遲無法再上一級，是戰天穹刻意為之的事——快速且容易的突破，很容易讓人驕傲自大，也會影響一個人的修煉態度，讓將來的修煉更為艱難。

看著君兒面露氣惱挫敗，戰天穹決定要好好教訓她一番。他語氣嚴肅的開口：「根基都還沒有穩定就想著突破，妳的急躁是失敗的主因。」

聽著戰天穹比起過去嚴肅慎重的語氣，君兒微低著頭，靜靜的聽著戰天穹的訓示。

「妳知道為什麼武者的實力等級要以各種星體的名稱命名嗎？」

「先不提新界之後的等級，在原界的三個階段：流星、衛星、行星。」

「一閃而逝的『流星』，說的自然是那些碰上瓶頸，然後一輩子再也無法提升，僅僅綻放了一瞬光彩的武者；『衛星』則是靠著不停循環的修煉，穩定自身基礎的武者；『行星』則是經歷了無數次的失敗，努力不懈的排除自身星體雜質，最後餘下最扎實的星力的武者。」

「……妳以為修煉是件容易的事情嗎？或許妳的努力和天資能讓妳在短時間內達到尋常人十來年的努力，但如果妳不能夠沉穩的修煉只想一步登天，這種驕矜自滿的態度，會讓妳未來遭受到更加煎熬的挫敗。」

「如果妳希望能走得比常人更遠，就得一步步的去感受、去經歷，體驗失敗、淬鍊己心！」

聽完了戰天穹的責怪，君兒臉色越發愧疚了起來。

的確，她真的因為自己的等級快速提升，而忘了修煉不僅僅是實力上的提升，同時心性也需要成長。她的急功躁進，才是真正阻礙她提升等級的原因。可偏偏現在有了時間壓力，再加上定位耳環破解的壓力，雙重壓力之下讓她不僅急躁也焦慮了起來，因此讓修煉成果難以進展。

「那我應該怎麼做才好？」君兒受教的詢問。她急著想要知道解決的方法。

「……什麼都不要做，暫時停止修煉。等妳真的放下對等級的追求，就能簡單的突破了。」

指點過無數人的戰天穹自然有一套自己的教導方式，只是他這樣的說法卻讓君兒愕然的瞪大眼

眸。

「什麼都不做？！可是——」這樣真的好嗎？

君兒腦海陷入一片混亂，不敢相信什麼都不做就能突破。她能有今天的成就，就是因為持續不懈的努力，現在要她「什麼都不做」，頓時讓她無以為繼。

「妳沒發現當妳越是求好，事情反而就越沒辦法做好嗎？這個時候最簡單的方式，就是暫時停下這份工作、完全忘掉這件事情，等妳心情平靜以後，就會發現，原本做不好的事情，輕而易舉的就能辦到了。」戰天穹擺手打斷君兒的話語。

「我不懂……」君兒覺得有些忐忑不安，明明自己應該要更加繼續努力修煉，但現在她的指導者卻要她停止動作——這樣的說詞反而讓她更緊張了，這要她怎麼平心靜氣的休息？！

戰天穹看著面露茫然的君兒，面具下的嘴角微揚一抹欣慰笑意。

知道她一直很努力的在追求成長，但偏偏努力過了頭，讓她無形中承擔了太多自己為自己創造出來的壓力。戰天穹抬手輕輕替君兒順好她凌亂垂落的髮絲，原本嚴厲的語氣變得平緩，竟是無意間帶上一絲自己沒注意到的溫柔。

「現在妳的瓶頸不是等級的突破，而是妳自己的心。妳給自己的壓力和期待太多了，妳得試著減少過度的期待，釋放累積的壓力。妳自己可能沒發現，但我都看在眼裡。」

「一心向著夢想前行是好事，但如果妳讓自己太緊繃，會讓自己因此窒息的……這段時間就暫時忘掉星力修煉的事。除了跟緋凰對練時能夠使用星力防禦，其他時間一概禁止使用。」

「好吧，那我聽鬼先生的話，這段時間我就休息好了。不過這樣的話，我還能做什麼啊？」君兒顯得很是困擾，從以前開始她就是固定時間鍛鍊自己，但一想到要休息、要忘掉修煉，反而不知道自己能做什麼了。

戰天穹淡淡一笑：「這段時間妳就單純的練習我教妳的那些基礎格鬥技巧，禁止使用星力。」

戰天穹之所以那麼要求君兒，是因為基礎是一切的根基。基礎打得越扎實，未來的實力就越加不可限量。持久不懈的練習，能夠將這些簡單的招式徹底融進身體的反應之中，這樣在戰鬥時，身體才能以最快的速度做出最適當的回應。

修煉是艱困的，習武又何嘗不是如此呢？

君兒也明白習武與修煉是不可分割的關係，所以只能嘟囔了聲，便默默接受戰天穹的建議了。

「好吧，從今天開始暫時忘記星力修煉，專心一致的練習戰鬥技巧！」君兒雙拳緊握，自我勉勵了一番。「鬼先生，我會加油的！」

隨後，她笑盈盈的看向戰天穹。

戰天穹被君兒看得尷尬的別過頭去，不敢望向那讓人心暖的笑顏。隨後他又像是想起了什麼，

回首面對君兒，眼神帶上了嚴肅。

「阿薩特最近跟我提到緋凰離開皇甫世家後的去向意願……君兒，妳之後有什麼打算嗎？我記得妳一直想要上學讀書，如果妳有需要的話，我可以幫妳安排。」

儘管這不是戰天穹第一次有為君兒安排後路的念頭，但他還是決定尊重她的意願。雖然他對君兒提出的要求是不依靠他而憑藉著自己的力量離開皇甫世家，但君兒這段時間的努力早已獲得他的肯定，使他決定庇護君兒。

「讀書呀……」君兒喃喃唸著這個字詞，忍不住想起了昔日一直鼓勵她追求知識的爺爺。而這也是她和爺爺一直以來的願望，只是，此時的她還有別的願望凌駕於上。

「鬼先生，新界是個什麼樣的世界呢？」

戰天穹望著君兒，沒有遺漏她充滿好奇心與嚮往的眼神。然而那卻不是單純的好奇，而是一種帶著冒險心情的神情。

因為君兒所問，戰天穹便簡單描述了新界一番：「那是一個物產富饒豐盛、卻又同樣危險的世界。那裡的人們以實力與權勢衡量一切。而且固定百年到千年之間，會爆發一次與異族的星際大型戰爭……新界其實並不像原界所傳言的那樣美好。」

君兒燦然一笑，卻說：「既然危險，那也同樣代表了有很多成長的機會吧？」她緊握雙拳，臉上有著無與倫比的堅定。

「雖然讀書也是我的願望，但就算我真能離開皇甫世家、前往新界，那時我的實力在新界也只能算作墊底的等級……我想要變得更強，強到可以保護自己、主宰自己的命運！」

「所以鬼先生，我想在離開皇甫世家之後去新界遊歷一番，我想親眼看看那個世界！學校能夠學到很多知識我知道，但我更想要從生活和經驗中學習。」

戰天穹劍眉一攏，低聲告誡：「那裡可是很危險的，我能讓戰族庇護妳，所以——」

戰天穹隨後注意到自己語氣有些急切以後，略帶窘迫的止住了餘下的話語。

君兒像是沒有發現戰天穹的尷尬，若無所覺的回答：「但鬼先生不可能永遠在我身邊，戰族也不可能永遠庇護我這個外族人吧？終究，我能依靠的只有我自己的力量……鬼先生是擔心我一個女孩子獨自遊歷很危險嗎？請鬼先生放心，至少在求生和自我保護的部分，我可是很有經驗的哦！」

君兒俏皮眨眼，就想以輕鬆的態度讓戰天穹對她放心。

只是戰天穹卻看見了她眼中的固執決心。以他對君兒的了解，他知道只要是她決定的事情，她絕不會輕言放棄。心中一嘆，戰天穹壓下就快與君兒分離的糾結情緒，輕聲道出支持：「……如果這是妳的願望，那妳就去吧。親自去看看那個世界，去經歷與成長。如果遇到危險或困難，隨時都可以來戰族找我。」

「謝謝鬼先生！我知道鬼先生一定會支持我的決定的！」聽聞戰天穹的支持，君兒顯得特別開心，「那就跟鬼先生約定兩年的時間好了，那時候我應該也成年了。到時候我會去戰族見鬼先生，還有拜祭爺爺的……相信那時的我，已經堅強得能夠讓你們讚許安心了。」

戰天穹就想說出自己想要陪君兒遊歷的提議，然而話到了嘴邊卻是沉默。

他也有自己其他的工作與任務在身，無法一直暗中守護君兒左右。他所能做的，僅僅是讓君兒對新界有更進一步的了解與認知。

「既然妳這樣決定，那我就先跟妳講述一下新界的局勢和一些危險的地方好了……」

這晚，戰天穹又多花了些時間跟君兒概略講述了些新界的情況，同時建議她可以採用何種身分或參加冒險團進行冒險遊歷。

君兒靜靜傾聽，明白戰天穹儘管語氣平靜，言語間卻藏有對她的關心，這讓她感覺心暖。

而隨著戰天穹的解釋方歇，君兒便對著他漾起溫柔笑顏，說道：「謝謝鬼先生，我知道你雖然嘴上不說，但都還是很關心我的。請你放心，兩年以後，我會讓你看見更成長的我！」

說完，君兒就想走上前向戰天穹表示自己的感激與歡喜，然而就在此時，戰天穹卻是退了一步，像是在迴避她的親近一樣。

「我很期待妳離開皇甫世家後兩年的成長。現在時間晚了，妳該休息了，有什麼事情明天再談。晚安，早點睡。」

最後一個「睡」字方落，戰天穹的身影也登時消失在掩上的房門後方，動作之快讓君兒沒來得及反應過來，只能一臉委屈的瞪著那扇阻隔兩人的金屬門。

「鬼先生最近都逃得好快。」君兒埋怨道。

這一年，她好不容易才讓鬼先生不再抗拒她的靠近。有時候，鬼先生還會主動拍拍她的頭表達安慰或者親暱的替她撥好髮絲。儘管動作還有些緊繃僵硬，但至少不會像現在這樣對她避如蛇蠍。

方才鬼先生替自己順髮的舉動，讓君兒有些開心，卻沒想到最後他還是逃開了。

為什麼近半年來，鬼先生對待自己的態度變得疏離有禮了起來？

明明之前都還好好的……是不是他不喜歡自己了？

想到這，君兒頓時心生不安。

一想到鬼先生對自己的抗拒，君兒就覺得心裡悶痛得難過，但她不懂為何自己會有這樣糾結難懂的心情。

在保鑣房內的戰天穹嘆了口氣。他要如何跟君兒解釋自己複雜的心情？

她不知道自己「長大」了，與男子間太過親密的接觸並不妥當。

君兒對他的依戀依舊，對「愛情」卻還處在懵懂階段。戰天穹更不可能跟她解釋自己身為一位正常的男性，隨著她逐漸成長，會因為她的一個擁抱而浮現多少複雜心思。

不過戰天穹很快就轉開思緒，開始思考要如何讓君兒能真正放下修煉，好好的「修心」。或許，是時候該讓她回去故居看看了……

＊＊＊

隔夜，看著專心一致在練習戰鬥技巧的君兒，戰天穹不經意的提及大小姐評鑑積分的事情，提醒著君兒已經擁有足夠的積分可以外出看望故居。

這讓君兒面露愕然的同時，也陷入長長的沉默中。

「我知道我的大小姐評鑑積分早就夠了，但是……」

因為昔日她錯過送別爺爺最後一程，哪怕當時的她無比希望能夠回到故居看一看，但時間過了那麼久，久到每當她想起熟悉的老家，心裡卻只剩下慌張。或許是近鄉情怯。那裡有太多她和爺爺的記憶，但如今留下的，怕只是一片殘破的建築，會將她美好的回憶撕成碎片。

君兒怔怔的看著前方，目光渙散。她苦笑道：「……我不知道該用什麼樣的心情『回家』。」她被皇甫世家帶走也有兩年了，這段時間的刻苦與努力，以及所經歷的事件，讓她有種無比漫長、恍若已經百年的錯覺。

回想起那天，爺爺早晨最後的笑臉；被惡徒追趕；在雨中見到了鬼先生；在放鬆心情以為自己安全了，就要回家的剎那，被迷昏前最後映入眼簾的那最後一眼……

安靜且布滿青苔的矮房仍存在於她的記憶之中，但卻是模糊不清，彷彿隨時都會崩壞一樣。這感受十分熟悉，好像曾經也有什麼事物存在，也是被她如此珍惜牽掛著，卻因為不明的原因而碎裂崩壞，讓她為之心痛。

這混雜的記憶讓君兒一陣暈眩。

戰天穹緊緊拉住她的手臂，她才不至於軟倒在地。

戰天穹看著君兒恍惚的神情，眉心一皺，彎身將她抱回了床上。看著她這樣蒼白得幾近透明的臉色，他有些擔憂。

「頭又痛了嗎？」戰天穹掌心熟練的蓋上君兒冰冷的額間。

「不是……只是覺得，好像有什麼事情就要想起來，卻又想不起來的難受感。」君兒喃喃的說著。額上傳來的溫暖，讓她原本疼痛的感受逐漸退去。

戰天穹憂慮的看了她一眼，確認君兒額心的圖騰沒有任何動靜後這才收回手。

「想不起來就不要勉強想了。」他安慰道，語氣有著自己沒察覺的溫柔。

「但妳總還是要回去看看的。我知道妳還是牽掛著故居……妳還認為是自己沒關好火爐導致火災的嗎？」

君兒因為戰天穹的這番問話而紅了眼眶，卻是沉默。

戰天穹輕輕拍揉著她的腦袋，赤眸閃過一絲深沉。

「我只能說，事情沒那麼簡單……但更多的事情，要等妳離開皇甫世家我才會告訴妳。」

「我不知道到底發生了什麼事，但我家的火災一定跟皇甫世家有關連對不對？雖然鬼先生沒有明說，但我都知道──」說著，君兒的神情變得冷冽，一時間黑眸因為憤怒而似乎燃著火光，卻是隨後想起了爺爺，眼神變得哀傷無奈。

「我只是……因為沒能見爺爺最後一面，無法釋懷而已。」

「至少妳得讓自己放下心中牽掛，就當了結一樁心事。思念固然是好事，但別讓自己被『過去』牽絆住前行的腳步，妳可以記下在過去經歷中學會的事，但務必要忘了曾經經歷的痛苦。」

戰天穹雖然這樣勸說君兒，但其實他自己也是放不開的那個人。

君兒輕輕點頭，眼眶不自覺的積蓄起淚水。思念甦醒，只是那忐忑不安的心，讓她失去了以往勇往直前的勇氣，不敢面對曾經居住的家園。

良久，戰天穹看著君兒越發憔悴的神情，只得探了口氣：「我會陪妳。」

「……你會一直陪我嗎？」君兒問道。她眼裡寫惶恐，深怕又失去了什麼人。「鬼先生會不會有一天，也會跟爺爺一樣離開我？」

雖然知道眼前男人存在的歲月是她的無數倍，時間對他而言已然沒了意義，但會不會哪一天，他會用別的方式離開她？

「我不能保證。」戰天穹誠實的回答。

他身上背負了太多罪孽，為了贖罪，他在未來有可能會征戰沙場，也許會戰死於沙場，亦有可能抑制不了體內的詛咒而走火入魔……他很清楚自己給不起「承諾」，所以也從來不將承諾說出口。但看著君兒因為他的這句話眼淚潰堤，晶瑩的淚珠點滴就像在指控他的無情一樣，這讓他不知該如何是好。

抬手，他只能替君兒抹去眼淚，想要開口解釋，張口卻吐不出任何字句。

良久，他看著憔悴無助的少女，再一次為她打破了自己過往的習慣，破天荒的開口給了君兒一份「承諾」。

「……我只能答應妳：只要我意識仍存的一日，我便是妳身後最堅強的靠山。」

君兒因為戰天穹的這番保證而破涕為笑。心裡頓時有了依靠，不再徬徨迷惘。

「我相信你。」

君兒綻放笑顏，她臉上嶄露的光彩讓人移不開目光。

因為君兒的這句話，戰天穹也罕見的浮現笑容。可惜因為面具，君兒沒能看見他這抹滿懷溫柔的微笑。

「我想無意他一定也不希望妳一直牽掛著他而絆住自己。雖然妳沒能在無意身邊陪他走到最後，但這一次，就當是跟過去的一切告別。等妳離開皇甫世家，以後有機會，便去新界戰族祭拜他吧。現在我會陪著妳，但往後妳還是得自己去面對人生……」

「我知道。」君兒笑著，並不害怕與戰天穹分離會失去依靠。她的眼神清澈，恢復原先自信堅強的模樣。

「當我覺得寂寞、疲倦、難過或者是想要放棄的時候，我會記得這個世界有那麼一個人，哪怕不在身邊，也會永遠支持著我，這樣就夠了。」

＊＊＊

接下來的幾日，由於君兒申請了外出，家族特別調來一組護衛隊隨行保護。還嚴格的規劃好行進路線，以確保她外出沒有安全顧慮。但為了避免君兒趁機逃脫或是試圖與外人接觸，她身上也不能不佩戴更多設計成高檔首飾的監控儀器。

意外的，外出這天下起了細碎的小雨，君兒不改計畫，強硬的要求就這樣回去探望故居。最後在護衛隊的緊緊跟隨下，如女王出巡般被護衛在中心的君兒，帶著一顆惶惶不安的心，出發了。

皇甫大小姐出遊的舉動引來不少人觀望，但都被護衛嚴聲驅離了。甚至連君兒前往的目標區域都被預先警告、提前淨空。

君兒走在生活了十四年，無比熟悉的巷弄間。望著熟悉卻有些變化的建物以及街道，不由得有些恍惚。那街角的店面是她以前打工的地方，只是時過境遷，店面的招牌已經更換了，現在因為她的到來而暫時歇業；繼續前進，路旁堆放著凌亂箱子的手作工廠，是她以前和爺爺一起做手工的地方，她似乎聽見了爺爺在做手工時，跟別人談天說笑的聲音……

「君兒小姐以前就住在這麼寒酸的地方呀……」露露看著貧民區那有些殘破灰暗的建築，面露吃驚。

她早年就進入皇甫世家工作，過的生活自然也比尋常人優渥許多。看著眼前破敗汙穢的巷弄，她突然可以理解君兒的性格為何這般倔強了。

那是在貧困中打磨出來的固執，為了活而不得不這般硬氣的剛強。

「你看，那是我以前工作的地方。」

君兒指向街角的店面，眼裡有著懷念和後悔。如果不是她跟這家店裡的同事無意間說出自己腹部有印記的事情，或許此時此刻她還是繼續生活在這裡吧？

「這是以前我和爺爺一起接手工的地方。」

「以前這家的大嬸很照顧我……」

她自顧自的說著，一一指出充滿自己回憶的所在。

直到最後，眾人的腳步停在一棟焦黑殘破的破房前。這棟房子在經歷歲月風霜以及火焚以後已經崩塌了，只剩下幾根房柱與破敗的牆面。

君兒張口欲言，最後卻是哽咽。

透過崩塌的牆面，屋內的情況幾乎能直接一覽無遺。她望向爺爺的寢室方向，那裡倒落著屋頂一部分的磚瓦。雖然知道鬼先生有帶出爺爺的骨灰，但她光是想到當時的情景，心痛已經不能形容此時的感受。

爺爺直到最後一刻，都還在擔心自己。但她卻……

當君兒欲走向前，卻被戰天穹攔了下來，露露也在一旁拉著她。

「君兒小姐，別進去了，裡頭灰塵很多，也沒有路可以走了。」露露勸說道，邊為君兒拂去了裙襬上的塵埃。

君兒沒有答話，她只是睜大了眼，試圖透過因淚光而模糊的視線，記下「家」最後的畫面。最後她再難隱忍情緒，不顧露露的拉扯，直接跪在這片斷垣殘壁之前，讓那美麗的衣裙染上汙漬。眼淚滴答落下。

「爺、爺爺，君兒回來了……」

有太多的話想說，然而她真正想傾訴的人卻再也聽不到了。

她哽咽的訴說自己這段時間的經歷，卻隱去了自己受到委屈和欺負的事情，只是述說著自己在皇甫世家學了很多東西，完成了和爺爺的約定。

這樣真情流露的告白，卻讓一旁傾聽的護衛與露露心裡酸澀，有些性情中人還別過頭去，不再看這讓人心痛的一幕。當然，儘管心有同情，他們還是不會傻到放走君兒的。

最後，君兒停下了訴說，忍住放聲痛哭的渴望，她靜靜的望著這棟破房。

雨一陣陣的灑落，露露為君兒撐起了傘，但她還是跪在那望著殘破的故居逕自出神。

世界只剩下雨落的聲音，就彷彿在代替她哭泣似的，這意外的讓君兒的心情平靜了下來。

她會永遠記得自己在這裡生活的美好記憶。

「我們走吧。」

君兒緩慢起身，拂去了裙上的塵埃，神情雖然憔悴，眼神卻是燦爛。

在我身邊，有一個人說他會當我的靠山，爺爺，你可以放心了……

我知道你一定在天上繼續看顧著我，我不會讓你失望的。

爺爺，君兒走了，離開這個我們一起生活的地方。

君兒最後留念的看了故居一眼，然後頭也不回的離開了。

那天晚上，君兒在戰天穹懷裡大哭了一場，像是要將隱忍了許久的情緒一次宣洩。

她徹底告別過去，放下始終無法放手的牽掛。那些已然逝去的終究還是離開了，她唯一能把握的只有現在，未來還得繼續努力創造。

「爺爺──」

懷抱著哭得心碎的少女，戰天穹輕撫君兒髮絲，安靜的給予陪伴。

君兒沒能看見，一向冷漠的戰天穹眼裡也有著同樣的悲傷。

Chapter 29

觸及逆鱗

「自從君兒小姐回去看看故居後，一直都無精打采的呢。」

露露憂心的看著沉默的君兒，邊收拾著課程書籍，邊說著。

君兒似乎沒聽見露露的發言，愣愣的坐在位置上，空洞的眼神讓人心疼。

現在是休息時間，大小姐們大多已經離開，可總還是有人留下。見君兒這樣哀傷低落的模樣，她們不但沒有心生同情，反而還惡意的就想挖人傷疤。她們均是自幼便在皇甫世家長大的大小姐，自然不懂那被帶離家園的惶恐與思念。

其中一位大小姐出言嘲諷：「妳回去老家啦？好可憐哦，聽說燒得一乾二淨，什麼都沒有留下呢。」

其他大小姐咯咯冷笑。

又有人接著說：「哎唷，反正都是破屋爛瓦，燒光也好。」

戰天穹冷漠的掃視這些出言不遜的大小姐。儘管擔憂君兒的情況，但他還是沒有制止這些大小姐的苛薄語詞。

君兒一臉平靜，別人的嘲弄諷刺再也無法讓她有任何情緒波動。她像是將心封印了一樣。

這時露露接到了消息。只是不同以往的，她沒有面露雀躍，反而擔憂的朝君兒望來一眼。

「君兒小姐，慕容少爺邀您共度下午茶。」

「喔。」

君兒冷淡的回應，眼神這才有了情緒波動，卻是深切的厭煩。

她嘆息了聲，比起其他擾人的大小姐，這位始終不肯放棄她的男人更讓人心生厭倦。

「知道了，等我把作業完成再過去。」君兒平靜的說著，絲毫不覺得讓慕容吟等待是一件不妥當的事。

事實上她一直以來都是如此，希冀慕容吟總有一次會不耐煩的轉頭離開，再也不聯絡。只可惜，在她們的逃跑計畫裡，慕容吟也是這計畫中的一個環節。君兒雖然不樂意，也明白這是一個正面探聽消息以及查探慕容世家局勢的好方法。

知道慕容吟最欣賞的是她剛烈疏離的態度，君兒便也這樣跟他相處了有一年之久，儘管她總是表露疏離和厭惡，慕容吟的耐心卻始終沒有削減過，反而有越演越烈的趨勢。

早就知道君兒會這樣回答的露露面露苦笑：「知道了，我會交代其他人好好服侍慕容少爺的。」說罷，露露輕嘆了聲。

＊＊＊

交誼廳裡頭，慕容吟聽著皇甫世家的女僕轉述君兒的近況，在聽聞君兒自從先前外出探望故居以後，心情始終壓抑低落時，他登時眼睛一亮。

他閃動的眼神似乎在思索著什麼，嘴邊彎起一抹微笑。

慕容吟非常想知道，君兒在聽見兩家將要聯姻的消息，會有什麼樣的反應。

「君兒小姐來了。」服侍慕容吟的女僕在恭敬轉達消息後識相的退下，露露很快便接手了她的工作。

「抱歉，我才剛忙完我的課堂作業。」君兒生疏有禮的表達自己遲到的歉意，淡雅的小臉卻是面無表情。

「君兒小姐真是認真呢，不愧是知識評鑑第二的大小姐，只可惜……」慕容吟感嘆著，若是君兒的星力評等沒有那麼低，此時她在皇甫世家的身分地位不會這番低微的。

君兒沒有回應，只是對慕容吟經常總愛拿她的星力評等出來感嘆，而不耐的顰起眉心。

「對了，聽說君兒小姐回去故居看過了？」

慕容吟狀似不經意的提起這件事，想就此表達關心，卻沒想到聽到此話的君兒臉色瞬間陰沉。

「與你無關。」她冷漠開口，不想和慕容吟談起那件她心中最珍貴的記憶。

慕容吟只是淡淡一笑，笑意卻沒有到達眼底。君兒的淡漠多少惹來他的怒氣，但他卻隱忍得極好。他轉移話題道：「不久後，我們慕容世家就要跟皇甫世家同盟了，不曉得君兒小姐有什麼想法呢？」

他問起了家族局勢，猜想君兒多少也聽到了一些消息。

君兒瞥了他一眼，說道：「沒什麼，狼狽為奸而已。」

一旁的露露忍不住乾咳了兩聲，警告君兒言語要慎重。

慕容吟對君兒這樣的評語感到愕然。

最後他決定不再迂迴，直奔主題：「或許君兒小姐並不知道貴家族對我們同盟一事的慎重。相信君兒小姐應該不曉得皇甫世家決定要和我們慕容世家聯姻的事情吧？到時候會舉辦一個選親宴，慕容世家的新娘將會從皇甫世家的大小姐中選出。」

看慕容吟暗中關注君兒的表情，在發現她僅僅只是因為這個消息而微露訝異以外，就沒有其他反應，這讓他有些氣惱。

慕容吟略帶傲慢的補充道：「忘了說，這次的新郎官是我哦！」

這個暗示很明顯了吧？想他堂堂慕容世家分家繼承人，有權有勢、身家又富裕，相信不少大小姐知道這消息，一定會恨不得能得到他的垂青呢。

然而，慕容吟卻沒在君兒臉上看到預想中的情緒反應。

君兒輕挑柳眉，只是簡短的道賀了聲「恭喜」。

那絲毫不在乎的神情，就彷彿根本不在意他語中提及的暗示一樣。

慕容吟臉色一青，這段時間積淤的怒氣讓他忘了禮節，口出質問道：「為什麼妳聽到這個消息，就沒有一點反應？！」

君兒微微一愣，反問道：「你希望我有什麼樣的反應？」

「……」慕容吟額上青筋浮凸。「妳聽不懂我的暗示嗎？妳知道妳身後有多少女人排隊等著要當慕容少夫人嗎？！」

「我知道啊，但我不想。」

君兒輕巧的放下精緻的茶杯，她微昂下巴，回以冷漠的注視。

「我以為我這段時間已經把話說得很明白了，沒想到慕容少爺還是聽不懂？我想我說過很多次了，我是真的很討厭你，就算你坐擁金山銀山或身居高位、容貌帥氣，對我來說都沒有任何意義。」

一時錯愕的慕容吟片刻後心生惱火，他怒瞪著眼前少女。

隨著時間過去，逐漸成長的君兒，那張秀美青澀的容貌開始散發一種獨特的魅力，讓他原本的狩獵遊戲多了幾分說不出的情緒，這是他未曾在其他女子身上感受過的。

只是人的耐心終有一個限度。他都已經明示自己可能會選擇她作為自己的妻子，可她為什麼還是無動於衷，連一絲微笑都吝嗇給予？！

氣急攻心的慕容吟忍無可忍的咆哮出聲：「既然慕容少夫人的地位都打動不了妳，那妳到底想要什麼？！」

「我的願望就是希望爺爺能活過來。」君兒眼裡有著哀傷。隨後，她眼神凜冽，語氣冷酷的問著：「還有就是剝除我的皇甫世家血脈天賦，相信這你一定也辦不到吧？」

慕容吟臉色鐵青，他語氣冷沉的問：「妳這是在為難我嗎？」

君兒確實是在刁難慕容吟，為了讓這個男人知難而退，這樣才不會影響她們之後的計畫進行。

最後，似乎是被君兒逼急了，一向維持著紳士儀態的慕容吟，再難忍受暴躁的情緒，終於爆發：「夠了！既然妳這麼不領情，我另擇其他大小姐就行，希望妳不要後悔妳今天的決定！不過，如果妳願意哀求我回心轉意的話，我倒是可以考慮考慮納妳為妾。」

慕容吟氣惱的模樣，顯然對君兒再無一絲耐性。

「放心，我向來不會做出讓自己後悔的決定。打從一開始我就說過我討厭你了，是你自己硬要像隻煩人蒼蠅一樣，一直來糾纏我。這樣擾人可不是紳士該有的行為。」

君兒也動了怒氣，神色卻極是平靜無波，與慕容吟暴怒的情緒表現，形成強烈反差。

「哼，牙尖嘴利，妳這樣的性格一定是遺傳妳那位早死的爺爺。聽說妳沒能夠送親人最後一面，上次去看望故居時一定哭得很傷心吧？妳很重視那棟聽說已成破屋的舊房是嗎？」

慕容吟森冷一笑，將話題引至了君兒的故居上頭。

他臉上的惡意讓君兒臉色一變。

而看著君兒的神情終於有了變化，慕容吟報復性的繼續說了下去：「看妳這樣的反應，顯然妳對故居還存有留念。推平一棟貧民區的破屋對我來說算不了什麼，我還要在那裡建一條路，讓所有人踐踏妳曾經深愛的居所……」

「碰」的一聲，君兒拍桌而起。

她神情不再平靜，取而代之的是強烈的憤怒。

爺爺和故居是她心中最珍貴的回憶，絕不允許有人這樣踐踏！

「你不要想動我的家！」君兒冷酷的警告著，一雙黑瞳裡夾雜著焚盡一切的火焰，直勾勾的瞪著慕容吟。

看著那雙湛亮眼瞳中難得一見的怒火，慕容吟這才冷冷一笑：「還以為妳沒脾氣呢，我就是想要摧毀妳最重視的地方，讓妳絕望！如果不希望我這麼做的話，就跪下來求我！」

在知道君兒的弱點後，慕容吟自然不會這麼輕易就放過她。

「求你？」君兒輕笑出聲。

「沒錯，求我！」

看著君兒起身離開了座位朝他走來，慕容吟的心情變得飛揚雀躍。然而，隨後響起的巴掌聲以及臉上的熱辣疼痛感，卻讓他原本愉悅的心情如墜冰窖。

「天啊，君兒小姐！」

露露正巧端著茶具去一旁泡茶，回頭就見君兒揚手甩了慕容吟一巴掌，嚇得她抖落了杯具，驚呼出聲。

露露從沒見過君兒這般失控的模樣。

君兒是個很能忍耐的人，但是龍有逆鱗、人有禁忌，慕容吟顯然就觸犯到了她的逆鱗。

這讓露露趕緊放下手邊的工作，上前制止君兒，但有人動作比她還快。

「妳竟然敢打我？！」慕容吟回神過後驚怒不已，摀著紅燙的臉龐。而旁人關注的震驚目光，讓他感覺自己今天把面子都丟光了。

「這一巴掌，是為我爺爺打的。」君兒冷酷的說著。

她似乎還沒有停手的打算，不顧一切的就想再甩慕容吟一巴掌。然而當她第二次高舉掌心，卻

被動作飛快的戰天穹抓住了手腕。

「放手！」君兒憤怒的瞪向戰天穹。

戰天穹望見了她因為激動憤慨而在眼眶積蓄的淚光，但他眼神平淡，沒有情緒變化。他將君兒雙手反剪身後，將她拉遠了慕容吟。

「這是我第一次被女人打！妳這個賤——」慕容吟氣惱至極，什麼禮儀全都拋飛腦外，在逼近君兒的同時也揚高了掌心。

然而他大力甩下的掌心時，戰天穹騰出一手制住了他的行動。

很快的，其他護衛開始上前拉開慕容吟，戰天穹在同一時間護著君兒向門口退去。

慕容吟死死瞪著君兒，卻是冷笑出聲：「妳竟然敢打我？呵呵……我不會讓妳好過的！」

他的警告君兒自然是聽見了，卻沒有理會。

隨即她便被戰天穹帶離了交誼廳，朝著陌生的方向前去。

＊＊＊

逐漸冷靜的君兒並不後悔自己的舉動，只是靜靜的感受戰天穹箝著她手腕的強大力道。她知道哪怕他面色平靜，心情卻早已狂風暴雨。

「君兒小姐，嗚嗚……您怎麼那麼衝動啦！這下子一定會被處罰的！」露露紅了眼眶，緊張兮兮的跟在君兒身邊，臉上有著責備也有擔心。

惹怒了慕容吟，看樣子家族也不會再縱容君兒這樣的性子了……她完全可以預料君兒可能會承受多麼糟糕的處罰了。

君兒冷哼一聲，絲毫不懼接下來可能遭受的刑罰。

「這下子連爭取慕容少夫人的資格都沒了，這可怎麼辦呀……」

露露憂心的語詞讓君兒在心中冷笑，也對自己終於不用面對慕容吟而感覺輕鬆。

君兒安靜的走著，她感覺到戰天穹逐漸放緩禁箍她雙手的力道，最後鬆開了手，放她自由。她回頭朝他望去一眼，卻看不懂那雙深沉的赤眸此刻在思考些什麼。

「……君兒小姐，您到底有沒有在聽我說話啊？」露露見君兒沒有回話，便揪著她的一手，試圖拉回她的注意力。

「我相信只要您好好向慕容少爺道歉，一切就都沒事的，您就去道歉，好過被處罰吧？畢竟這一次您真的太過分了。為什麼要拒絕這樣的好事？」露露的語氣逐漸變得嚴肅，看著君兒的眼神也帶上了審視。

「我不會後悔我做的決定，因為我討厭他！這點從以前到現在都沒有改變過。」

「就算慕容少爺將會將您的故居推平，建成道路任人踩踏也一樣？」

「……嗯。」君兒眼眶紅了，卻仍是昂首闊步的向前走去。

露露一聲嘆息，知道慕容少爺在說出要糟蹋君兒故居的時候，這兩人就再沒了任何機會。

Chapter 30

監禁

「什麼？！君兒甩了慕容吟一巴掌！」

緋凰得知消息震驚不已。到底是發生了什麼事，讓一向冷靜的君兒失控傷人？

「據說是慕容少爺揚言要將君兒小姐的故居，建成道路任人踐踏。」

阿薩特如實的將他聽聞的內容轉述出來。

當他得知此事時，也是萬般驚愕。但一了解事情經過，他頓時可以理解這次真的是那位慕容少爺自己惹毛了君兒。重感情的君兒一直掛念著已逝的親人和故居一事，這點他們是最清楚的人。以她那樣柔中帶剛的性格，自然不可能讓人輕易踐踏自己心中最珍貴的所在。

「判決決定了嗎？」緋凰不安的來回踱步，就唯恐君兒會遭遇太過嚴苛的處罰。

「最高等級的處罰：監禁室監禁一個月，外加配戴電擊手銬。」阿薩特嘆息，知道君兒這次怕是在劫難逃。

尋常時間頂多監禁個兩三天就足夠了，沒想到這一次家主竟然判處君兒監禁一個月——可見她惹怒慕容吟讓家族多生氣。

「天啊，一個月！那環境可是很糟糕的，君兒撐得下去嗎？」

緋凰想了很多，卻發現自己以身為「敵人」的身分伸出援手，似乎太超過了，她根本什麼都不能做。

她只無助的望向阿薩特：「鬼先生沒說什麼嗎？」

阿薩特面露猶豫，最後他斟酌了一番，才將戰天穹的原話轉達：「鬼先生說……君兒不會有事的，也可以藉此磨練她衝動的性格。」

這冷酷的語詞讓緋凰錯愕不已，她在為君兒感到不值的同時，也對那位冷酷的守護者感覺憤怒：「他怎麼可以這麼冷血？！君兒不是他的未婚妻嗎？！」

阿薩特苦笑道：「或許，鬼先生有他的打算吧……畢竟這是他們兩人之間的事情，我們沒辦法插手。」

當他與鬼先生交談時，他無意間感覺到那人隱藏在面具底下猶如暴雨般的憤怒，但其表面卻是冷靜如常，實在是讓人猜不透那人到底在想些什麼。

「可是，要關上一個月呢！這段時間若有什麼變化，那我們的計畫怎麼辦？而且君兒還戴上電擊手銬，那玩意兒可不是什麼好東西，我擔心君兒會受傷……」

阿薩特安慰道：「我們只能相信她了。而且以君兒小姐的性格，搞不好她還真的會藉此機會磨練一下自己的心性也說不定？」

聽阿薩特這麼說，緋凰一愣，表情變得苦悶。

「是啊，搞不好她真的會這樣想……祈禱一切平安。唉，幫我找蘭跟紫羽來，我想她們一定也

很擔心君兒才對，希望紫羽可以破解小黑屋的監控系統，讓君兒能夠輕鬆一點。」

＊＊＊

監禁室，也是大小姐們通稱「小黑屋」的地方。

這裡是個與奢侈舒適的皇甫世家截然不同的環境。冰冷窄小的深色房間，沒有溫暖的燈光和柔軟的沙發，只有沉重的潮濕氣息瀰漫，巴掌寬的窗戶隱隱透入微光，昏暗又安靜。

習慣了奢侈生活的大小姐自然接受不了這樣的環境，這如同監獄般的所在，一直是大小姐們最害怕的地方。

「進去！」

君兒被負責人員推進了監禁室。

她換下了舒適服裝，穿上粗糙的布衣長裙。雙手手腕上各自戴上一個雪白色的手環，這是用來監控身體機能的器具。

除此之外，手環同時具有刑具的功能，將在固定時間電擊佩戴之人。雖說電擊的強度是人體所能承受的痛苦，卻也不是尋常人能受得了的，這對嬌生慣養的大小姐簡直是人間極刑。

君兒一被推進房間裡，身後敞開的大門便被闔上了，然後發出了沉重的上鎖聲。

因為失去光線的主要來源，房間頓時陷入了昏暗，只剩下牆面上窄小窗口透進的光線。從光線的照耀中，可以看見無數灰塵在其中飄浮。

君兒環顧四周，看到了簡單的矮床與書桌，以及一間一人用的簡易盥洗室。

赤足踏在冰冷的地面上，透骨的寒意自腳板蔓延全身，讓君兒下意識的抱了抱身子，就想要用星力暖和身體，但一想到鬼先生的告誡便又放棄了這樣的打算。

君兒坐上床板，默默的將上頭擺放的粗布薄被裹在自己身上。

她抬起自己的手，看著腕間上頭雪白色的手環，不由得冷冷一笑。

一段時間後，君兒腦海響起了戰天穹透過精神傳訊而來的話語。

（不要放過每一個羞辱妳的人。人可以吞忍很多事情，但是絕對不能饒了碰妳逆鱗的人。這一次，妳做得很好。）

戰天穹淡聲鼓勵著君兒，知道這個時候她需要的不是奚落，而是一句支持。

哪怕並不是真的聽見聲音，君兒卻能夠感受到戰天穹傳來的欣慰情緒，這讓君兒不由得脆弱，眼淚忍不住就快落下。光是他這樣短短的一句話，就讓自己覺得這麼做是值得的。

不過，戰天穹的語氣突然變得嚴肅了。

（希望妳下次在衝動行事之前，思考一下自己的行動會造成什麼樣的後果。我雖然肯定妳今天的行為舉止，但不代表以後妳就能不經大腦思考行事。）

接著，戰天穹的語氣帶上一抹冷酷。

（電擊手銬會在固定時間啟動，我會在電擊結束後到下一次啟動前的這段時間，用精神力混淆監控系統。這段時間妳可以自由活動，把握時間好好磨練自己。緋凰那邊打算讓紫羽幫妳攔截手銬固定回傳的身體數據，讓監控人員不會發現妳因為修煉而檢測出異常。）

戰天穹暗中向阿薩特表明了他需要的協助，並讓阿薩特將這個消息轉達給緋凰知道。

雖然緋凰對戰天穹竟然在這種情況下還要求君兒繼續修煉，因而感到憤慨，卻也明白這是君兒的一個大好機會。對她們而言，時間便是最寶貴的事物。就連她和紫羽、蘭，都會經常埋怨時間不足以提供她們好好修煉，更別提一向認真的君兒了。

想了想，緋凰便答應了協助戰天穹，為君兒創造出這樣的機會。

對多數人而言，戰天穹是個殘酷的指導者，但君兒卻知道他並不如表面上那樣平靜。

君兒不知道是為什麼，自己偶爾能感覺到精神通道另一端那個人的情緒。此時戰天穹的情緒無比清晰的傳了過來，而當事人似乎沒有察覺到這件事。

那是一種對她的心疼以及對自己只能旁觀的無能為力感。
知道在這個世界還有人會擔心自己，君兒覺得很窩心。
（……總之，妳好好加油。）
戰天穹結束了關於修煉的討論。
像是因為知道先前的自己太過冷酷，他難得溫和的出言鼓勵。
（或許在這種環境磨練，妳原本的瓶頸能夠一舉突破也不一定。）
君兒現在缺的不是實力，而是能從衛星淬鍊成行星的堅定意志！

哪怕面對困境，也要持續綻放炙熱的光火！
要用流星般的意志，打破一切阻礙前行的困難；
要用行星般的堅實，承受一切痛苦折磨的考驗；
要用恆星般的狂熱，燃燒一切心血生命的執念！

（堅持妳所堅持的。）
戰天穹喃喃唸著激勵人心的語詞，用屬於他的方式鼓勵君兒。

君兒果然也不負期望的再度振作了起來。

「大小姐，用餐囉！以後每天固定三個時間會自動送餐，錯過時間可是會自動回收餐點哦。」監禁室的大門外傳來了負責人的提醒，就在同一時間，房內的一面牆敞開一個足以容納一只小托盤的缺口，送上了君兒來到監禁室內的第一份餐點——一杯清水和一份營養劑。

這與尋常奢侈飲食截然不同的單調，多少也是讓大小姐們對此畏懼排斥的主因。然而君兒卻是珍惜小心的接過這份餐點，如獲至寶般的用餐。

能在這奢華環境中看見這樣乏味單調的食品，總是讓人感嘆的。君兒嚐著沒有滋味的營養劑，有種回到過去與爺爺生活最艱辛的那段時間。

這讓她又想到了慕容吟臨走前的宣言，心中酸澀，忍不住又紅了眼眶。

她知道自己這一次真的衝動了，但就算慕容吟用她最珍貴的事物威脅她，她也絕對不會屈服——因為她相信，如果是爺爺，一定不會希望她為了這樣的事物而背棄自己的尊嚴。哪怕那是再珍貴的事物，都不能阻止她實現夢想的渴望。

＊＊＊

戰天穹憑著傲人的精神力，感應到此時的君兒已經平緩心境，他這才睜開了一雙猩紅的眼。在沒有開燈的保鑣寢室中，那雙赤眸殘暴的猶如血色的月。

戰天穹想到慕容吟先前的話語，眼裡閃過了一絲殘酷。

慕容世家以往跟戰族就發生過不少衝突，更別提他最近收到的最新消息，君兒的爺爺被證實了是被慕容世家的人出手重傷，廢去了一番修為，這才落得今日這樣狼狽的結局。

他難忍心中怒氣，思緒在此時浮現了負面的情緒。

這樣異如往常的負面情緒讓戰天穹神情一凜，用強大的意志力壓下了逐漸加深的殺意。同時，他陷入深思，思索自己為何最近總會有這樣暴力的念頭。這純粹是為殺而殺的心情，怎麼跟過去某個時期的自己很像……

戰天穹猛地一驚。他抬手解除了自己遮掩真面目的符文耳扣功能，讓左半身的鐵灰徹底顯露。但讓他愕然的是，原本鐵灰色澤的左手上，多了隱約散發著紅色的詭異楔形文字。

「詛咒竟然要甦醒了？」戰天穹喃喃自語道。

看來是詛咒的甦醒引起他情緒上的異常反應。

他抿起薄唇，神情變得極其嚴峻，不敢相信自己身上沉睡的詛咒竟然表露甦醒徵兆。

不，或許該說，自從一年前他接觸了君兒額心內的神秘圖騰，當他錯喊出「辰星」這個陌生字

詞的那一刻開始，這潛藏在他體內的詛咒便開始躁動了。

想起從一開始遇見君兒後，自己那不尋常的感受，戰天穹感覺自己的胃在翻攪著。

有沒有可能，對君兒有熟悉感的不是他，而是寄身於他體內的那個詛咒……？

「……『辰星』跟君兒，還有我身上的詛咒，這三者之間究竟有什麼關聯？」

戰天穹看著自己左手的鐵灰，上頭正隱晦的閃動著異樣的楔形紅印，時隱時現。他神情苦悶的看著自己緊握的拳，無來由的感到一陣忐忑……

Chapter 31

在沉默之中爆發

在昏暗的幽閉房間裡，因為戰天穹利用精神力干擾了監控儀器，君兒得以練習武者最基礎的踢腿出拳。雖然枯燥乏味，但君兒卻甘之如飴。

而君兒這般高強度的訓練，被監測手環傳回的身體數據則被紫羽攔截了下來，修改數據並傳送回去。

君兒按照戰天穹要求的那樣，暫時放下了星力修煉，單純的練習戰鬥技巧。單純的練習，讓自己的身體記下各種招式，以期未來能夠在戰鬥時，透過身體本能自主做出最合適的反應。

結束了一段訓練後，君兒抹去額上的汗，開始按摩自己身體痠疼不已的部位。沒辦法使用星力和緩身體狀況，就只能使用這種原始的方式和緩難受了。但這樣的練習也為她帶來不少的好處，那便是她能感覺自己的手腳變得更加靈敏了。

此時，戰天穹的聲音透過精神通道傳了過來。

（時間差不多了，準備一下。）

他的語氣平靜，卻聽得出有所壓抑。

君兒神情一肅，冷眼看著雙手上的手環。她知道手環固定啟動電擊的時間就要到了。戰天穹也在同一時間解除了精神力場，使監控儀器開始正常運作。

不久後，昏暗的房間裡亮起了淡藍色的光輝，電流的滋滋聲響起，不由得讓君兒有些頭皮發麻。儘管電擊量是她可以承受的範圍，但是從手腕處蔓延全身的麻痛感還是令人倍感不適。

君兒顰著眉心，隱忍疼痛的感受。

這畫面如實的被監視儀器傳了回去。

監控室的兩個人員在光腦螢幕提示電擊開始時，便回到螢幕前。看著畫面中的少女神情固執的強忍著電擊的痛苦，讓人不由得心生憐憫。

負責人員嘆息了聲：「固執的女孩。」

另一位人員則是語帶嘲笑：「不過就是個不識時勢的傻姑娘而已，若是她聰明一點，就不需要遭到這樣高等級的刑罰了。」

「但她這段時間卻從未開口討饒……你不覺得她很勇敢嗎？」

回應同伴的是另一位人員的沉默。

儘管他們佩服君兒這樣的堅持與勇氣，但他們終究只是皇甫世家的工作人員，沒辦法給予君兒更多協助。最後他們只能紛紛別過頭，不忍再看。

＊＊＊

君兒被監禁的這段時間，皇甫世家也正式公開了即將與慕容世家聯姻結盟的事情，更公開了這一次是由慕容世家的分家大少爺慕容吟擔任新郎主角，將會特別為他舉辦選親宴！

這個消息讓不少大小姐躍躍欲試、滿心雀躍，僅因那可能成為頭號情敵的君兒已經先讓自己出局了，那麼剩下來的她們就充滿了機會。

只要能攀上大世家，未來的一切生活都不用煩惱了。

選親宴的時間就定在三個月後，多數的大小姐皆是期待，可是卻有人因此陷入緊繃低迷的氣氛之中。

時間回到稍早之前。

在緋凰私人的休息室裡，蘭一臉焦躁不安的來回踱步，看得緋凰也不免跟著煩躁了起來。

「怎麼辦？只剩下三個月了。在新娘定案之後，婚禮可能會在選親宴後一個月內舉行——所以我們只剩下最少四個月的時間了！君兒她竟然在這個時候被監禁，不曉得她破解定位耳環研究得如何了？」

蘭顯得萬般焦慮。她沒有紫羽的駭客才能以查找資料，她唯一能做的只是一個整理資料的輔助角色而已。眼見一切準備事項都就緒，偏偏最後一道關鍵卻卡住了，這讓她這個急性子的人憋得有些難受。

緋凰無奈的抬手揉著額心，她也很緊繃，但她硬是強迫自己冷靜了下來。

「就相信君兒吧，她已經很努力了。」

君兒這段時間的努力她們都看在眼裡，要一位過去十多年未曾修煉過的人，在短短兩年內從一個平凡人進步到星力修煉的行星級，這是非常艱困的一件事。但她卻靠著大恆心以及大毅力，讓自己不斷突破限制，如今僅堪堪一步就能踏足行星級了。

這樣究竟要耗費多少心力才能辦得到？然而君兒卻真的辦到了！雖然她目前還無法進階，但相信距離突破也不久了。

或許是當一個人真心要去做一件事的時候，才能不斷的創造奇蹟吧。

緋凰微笑，想著君兒過去的努力與成長，實在讓人無法不相信她。那就相信她這一次也能順利創造奇蹟吧！

「嗯，那就聽妳的，現在也只能相信她了。」

蘭終於放下心中憂慮，片刻後卻是皺起眉頭來。「另外，我現在比較擔心的是選親宴那天的事情，希望慕容吟不要挑上我們其中一人才好，這樣我們的計畫才能進行的比較順利。不然擁有新娘

身分，監控等級一定會上升的。君兒因為之前的事情，看樣子已經被慕容吟排除在外了，而緋凰妳身為最高等級的商品，卻竟然沒有被安排在這一次的選親宴名單上，真羨慕妳。」

蘭有些羨慕，因為緋凰身為高等商品的身分，皇甫世家刻意不讓她參加這一次的選親宴。畢竟這次可是沒有交易金額的同盟聯姻，若是慕容吟選上了緋凰，那皇甫世家可就要做賠本生意了。

「我就怕家族對我又有什麼計畫。」緋凰苦澀一笑，她唯恐家族將她排除名單之外另有目的，但偏偏此刻家族對她似乎還沒個定案安排，讓她一直覺得很不安。

「君兒的電擊時間又開始了……」

紫羽緊張的聲音傳了過來，她算好時間，準時停下了先前攔截君兒身體數據的舉動，將原本的數據如實呈現回去。

她們看不到畫面，只能眼睜睜的看著光腦螢幕上，君兒因為電擊開始而浮動的數據，雖然看不見實際的畫面，但她們都不約而同的想像出君兒受苦的畫面。

紫羽眼眶登時盈滿了淚。蘭和緋凰也陷入一片沉默。

「這樣的日子還要再三週……君兒撐得下去嗎？」蘭聲音乾啞的問著，神情很是複雜。

「就算撐不下去也得硬撐下去。妳也知道在某種程度上，家族對違規的大小姐可是很嚴厲的……而這一次君兒可說是觸犯天條了，她竟然甩了慕容吟一巴掌！以前是因為慕容吟開口讓君兒維持這樣的固執性格，這一次沒人縱容她，自然家族也不會原諒她的硬脾氣了。」

緋凰苦悶的嘆息，看著光腦上浮現的數據，不禁面露不忍：「這一次，怕是家族打算來個重量級的教訓了。君兒的固執雖然是好事，但更多時候卻容易惹上麻煩呀……」

「嗚嗚，君兒……」紫羽哽咽出聲，埋首至蘭懷裡，不忍再看。

直到電擊的時間結束，君兒才拖著身子臥回監禁室的小床上，陷入長長的睡眠中。

紫羽見光腦螢幕上顯示出了「電擊結束」的字樣，知道這一次的處罰總算是暫時結束了，監控手環回傳的數據也正逐漸緩和中，顯然君兒已經在休息了。

抹抹眼淚，紫羽好不容易才平緩心情，繼續先前忙碌的其他工作。

緋凰看著紫羽眼前的光腦螢幕上，那一個個讓人眼花撩亂的數據和用途不明的視窗，提問道：「紫羽，君兒交代妳做的事情辦得如何了？」

一提到自己專門的領域，紫羽怯弱的神情登時變得自信且嚴肅。

「完成度百分之八十五了，但現在因為我們幾位大小姐的資料都有被公開過，我擔心就算我修改了部分內容跟我們的照片，見過我們的人還是會認出我們來。」

「這樣啊……那我們之後躲藏的時候，就不得不依靠化妝和易容偽裝身分了。」緋凰慎重的開始琢磨執行逃跑計畫之後，她們該如何躲避皇甫世家以及其他家族的抓捕的這件事。

說到這，不得不佩服君兒的前瞻思考。

她在知道紫羽擁有駭客能力後，便先要求紫羽暗中修改幾人在皇甫世家光腦系統中的個人資料，並且悄然改動資料上的個人照片畫面。

只是些微的調整眉眼唇鼻的角度距離，就會讓人看起來相似卻又有些不同。

更別提她們現在都還年輕，誰能保證長大後容貌不會有所改變呢？

這部分紫羽已經完成了絕大部分，唯一的困難點是之後她們脫逃後要如何隱藏容貌與身分。雖然阿薩特在新界有聯繫的友人可以委託照顧她們，但她們總還是得稍微易容一番才行。

現在只差最後一步，其餘都已準備就緒——就等君兒破解符文定位耳環了。

＊＊＊

在這昏暗的空間，這裡只有她一個人。

刺痛的感覺漸漸退去，君兒活動了一番略感麻木的手腳。此時儘管她沒有刻意釋放星力，體內的星力仍緩慢在經絡中流動，和緩她的難受。這是星力的自主運行，只要身體受到傷害，星力就會自動於體內流竄，以達到修復的目的，並沒有違反鬼先生的規定。

自從被關進監禁室後，大概也過了一週。

這些日子她按照鬼先生的指示，放下執著，專心一致的練習戰鬥技巧。感受當拳頭打在空氣中，空氣是如何的波動；感受腿踢時，身體的關節肌肉是如何配合延展；她感受到自己身體之中隱藏了許多力量等待爆發。

而當她專注在練習戰鬥上時，一切的雜念彷彿都被拋開，只剩下自己的呼吸聲，還有窗口微微灑落的光輝。

有一度她曾經差一點就承受不住這樣整日的寧靜，可總會有個聲音讓她再度打起精神。

鬼先生並沒有直白的鼓勵她，但說的每一句話都能帶給她無與倫比的勇氣。

一旦發現這片黑暗沒有自己想像得那麼可怕以後，君兒反而很快就適應了這片寧靜的黑暗。

醒來的君兒一如往常的，進行著枯燥乏味的反覆訓練，卻感覺到身體的異常。

那始終固定運行體內的星力，一反常態的自主加快了運行速度，並開始不由自主的吸收起星力來，這讓君兒有些錯愕。

「咦？」這種感覺，不會是要突破了吧？！

君兒有些哭笑不得，她先前一直盼望的突破總是盼望不來，卻沒想真的放下修煉星力之後，驚

喜就這樣奇蹟的降臨了。

（突破的時間到了，好好把握機會吧。）

戰天穹提醒的話語傳了過來。

很難得的，他竟是語帶笑意，顯然對君兒此時的狀態很是滿意。

君兒累積的力量，終於在這段時間的努力下，擁有了足以匹配這份力量的心性。經過這段時間的忘我修煉，她原本已達到臨界點的星力終於準備突破桎梧，往更高層次的等級跨越！

這就是衛星級之所以能提升成行星級的差別，是在歷經無數次的挫折打磨、堅強的承受及突破恐懼以後，徹底的蛻變！

君兒眼睛一亮，硬是壓下了原本激動的心情，轉為冷靜沉穩。

她馬上開始久違的星力修煉，準備一舉突破這困了她有一段時日的瓶頸。

就在君兒閉眼專注自己的修煉時，監禁室裡突兀的裂出一道詭譎的空間縫隙，戰天穹便這樣隔空走出，無聲的落地，站於君兒面前望著她。

君兒雖然隱約感覺到了那一瞬間在空間裡的細微變化，卻礙於專注在自身突破之上，因而沒有多加留意，更不知曉戰天穹此時竟站在她眼前，為她守護。

戰天穹在君兒身旁張開自己的領域，開始為她牽引來更多的星力，讓她有足夠的星力可以吸收修煉——這也是君兒為何能用短短兩年走到這一步的其中一個原因。

但更多還是君兒本身的毅力，才讓他決定要這樣暗中協助她。

略微感應了一下君兒體內的狀況，戰天穹輕輕點頭，眼神浮現欣慰。

很多人在修煉時撐不過停滯期，往往會因此徹底消沉——唯有能堅持到最後一刻的人，才能突破，既而讓實力提升爆發！

監禁室只剩下君兒平穩的呼吸聲。她身上因聚集了強烈的星力而亮起瑩瑩光輝，雖然還非常微弱，但在昏暗中卻顯得異常耀眼。好在戰天穹原本就用精神力混淆了監視儀器，否則君兒突破時的異狀一定會引來關注。

能走到這一步，君兒付出了極大的努力，這是一個心靈質量上的飛躍。

只要通過這關，就達到前進新界最低的門檻了。

戰天穹看著眼前專心一致的少女，眼神染上複雜。

她成功的達成和他的約定，那麼他便會履行當時的承諾——為她強制開啟精神力！

因為開啟精神力必須雙方彼此敞開心靈，不能有一絲隔閡抗拒。但一想到他可能會在敞開心靈為君兒開啟力的時候，被她閱覽自己的過去經歷。

想到這，戰天穹不由得有些躊躇。

在精神空間裡頭沒有所謂的虛假，所以他最真實、也不為人知的那一面，自然而然也會以本來的面貌呈現而出。

那是他最不願意承認與面對的自己。

是屬於惡鬼的那一面。

Chapter 32

劍

君兒這次的突破不同以往，竟意外的與自己額心沉睡的圖騰有了聯繫，意識因此沉入了更深層的心靈之中。

似乎隨著她的實力突破，那原本沉睡在她體內的力量也跟著覺醒了。

她看見自己腦海深處，那如蝶欲展翼般的綺麗圖騰正在緩慢的延展，彷彿就要展翼一般。而在圖騰四周，竟有九把由奇異線條凝聚而成的九色短劍一一浮現，並各自繞著圖騰緩慢的旋轉著。

每一把短劍都只是淡淡的虛影。

就在君兒為這幅畫面感到訝異時，九把劍因為她身體突破了原先的等級而猛地一震！隨後，劍身上竟各自浮現相對應的符文！

綠色對應風、藍色對應水、黃色是大地、紅色是火焰、金色是雷光、白色是光明、黑色是幽暗……但，最後的紫紅色與深藍星點的短劍浮現的符文，君兒卻是未曾見過，而那隱約傳遞出的可怕力量讓君兒為之愕然。

原本內斂的圖騰跟著有了變化，邊緣的線條也開始蜿蜒延展，逐漸架構成一對真正展開的蝶翼。

君兒看著變了模樣的圖騰，她感覺這圖騰莫名的眼熟。隨後，她猛地一愣，想起這樣的眼熟感從何而來——這與她腹部上象徵是皇甫世家天賦的記號非常相似！只是腹部上的印記是簡略版的。

但接著，君兒陷入更深的困惑之中。她知道自己的天賦印記和緋凰她們的不太相同，卻未曾聽聞緋凰等人在修煉時，腦海會出現這樣的異象；就連戰天穹在跟她講解突破時可能會發生的情況，也都未曾聽他提起過這一點，這讓她困惑不已。

當圖騰延伸線條的動作停止後，九把短劍以及相對應的符文逐漸隱去，卻獨獨留下了那兩把顏色奇異、屬性未知的短劍滯留其中。

就當她想要探手觸碰短劍時，那兩把奇異的短劍便瞬間消失了蹤跡。

最後君兒困惑的對圖騰看了最後一眼，那給她奇異感覺的蝶翼圖騰停止了變化，只是安靜的閃動著隱隱光輝。君兒這才揮去了腦海中浮現的畫面，專心一致的穩固突破後的實力。

君兒不知道，在自己腦海中發生的這段經歷，在外界也如實呈現了！

當君兒在腦海中望見自己圖騰四周浮現短劍時，站在她身邊默默守護她的戰天穹卻看見了君兒額心突然浮現出圖騰，周身也同時出現了九柄奇異的短劍。

此時，圖騰就像是活過來似的，線條變得複雜且炫麗，恍若一隻展翼的蝶。

這樣的異象看得戰天穹面露驚愕。過去他指導過不少學生，卻從沒有一個人會在突破等級時像君兒這樣突現異狀。

這一幕，讓泰山崩於眼前都能面不改色的戰天穹，徹底變了臉色。

「符文凝武技巧……君兒竟然也是天生帶有這樣的能力嗎？！」他愕然驚呼，雖然他知道君兒的圖騰跟那人必有莫大關聯，卻沒想到連能力也如出一轍！

在精神力覺醒時，有極少數的人會因為跟某些屬性特別的親和，因而在精神力覺醒時會一同喚醒由符文凝聚而成的武器形象。擁有這樣特性的人，能夠透過精神力，召喚出符文將之顯化為實體的武器進行攻擊，可以說是符文師最強的戰鬥技巧。但這個世界，擁有這樣特性的人十分罕見稀少。其中最有名的便是以操控符文技巧出了名的人類守護神之一「陣神滄瀾」，也就是他最熟悉的好友羅剎。

他猜想過君兒的身分特殊，卻沒想到君兒竟然在突破至行星級時便喚醒了這番異狀。

看著圖騰與九劍之間彼此相呼應的光輝，戰天穹不由得猜測這可能是圖騰與生俱來的力量——但這幅圖騰究竟代表了什麼？為什麼會出現在君兒身上？

儘管心裡有很多疑問，但戰天穹最後只是嘆息了聲，決定將心底的疑問暫時放下，專心守護君兒突破等級。

隨著圖騰與短劍的漸漸消失，君兒終於突破瓶頸，她的臉色蒼白，但卻驕傲的彎起了一抹自豪笑容。她沒有立即張開眼睛檢視自己的狀態，而是平靜的感受自己身體的變化。

這樣慎重不浮躁的態度，讓戰天穹面露讚許。

戰天穹猶豫了一會，爾後，探出手來，為君兒理了理她有些零亂的髮絲，將一縷垂落額間的髮絲撥自耳後。

看了君兒最後一眼，他的身影接著消失在被他徒手撕開的空間縫隙之中。彷彿他未曾出現過一樣。

原界因為特殊的原因，使得修煉者僅能提升至行星級。

而直到君兒正式踏入這個行星級，她才頓時了然為何在原界無法再更進一步提升的原因。因為現在原界的星力已經不足以提供她修煉了。

君兒深切的感受到，唯有前往傳說中星力充沛的新世界，她才能有更進一步的提升。壓下感嘆，她將注意力拉回，竟感受到自己現在體內充滿了力量，感官的感覺變得更清晰了。

（不要鬆懈，趕緊使用天賦能力壓制妳的星力，順便重新適應一下實力突破後的控制天賦。）戰天穹出言提醒。

君兒這才想起，在實力突破的同時，自身的天賦能力也會有所變化及提升。她很快就掌握了提升後的控制天賦，控制天賦變得比過往更能有效的壓制自己體內的星力。

終於突破實力，讓君兒還有種身處夢境的不可置信感。

在經歷了那麼多挫折和痛苦之後，終於完成了目標！

她不是沒有想要放棄，以及後悔自己為什麼選了這條那麼艱困的道路，但在成功時，她對自己所經歷的一切只有滿滿的感激。

君兒躺回床上，將臉藏近粗布被底下，卻是無聲的笑著，難掩心中喜悅。

（既然妳已經達成了和我的約定，那麼等妳結束監禁之後，差不多就可以幫妳開啟精神力了。）戰天穹的聲音帶著一絲沉重。（……這樣，妳之後就能用精神力跟我對話。）

聽到戰天穹的話，不知道對方為難的心情，君兒開心的猛點著頭，卻發現自己正躲在粗布被裡鬼先生看不到，便尷尬的吐了吐舌頭。

她之後就能透過精神力與鬼先生對話，這樣就能有更多時間和鬼先生交流了。

想到這，心裡有一種暖呼呼的感受在蔓延著。

似乎是感受到君兒的喜悅，戰天穹很是冷靜的又提醒了句：（別太高興了。現在更重要的是不要讓人發現妳的異狀。妳思考一下，一位星力評等最低，無法修煉的大小姐被關在監禁室裡那麼多天，在心力交瘁的情況下會發生什麼事。）

君兒聽完後馬上就想到了正常人應有的反應，但她還想在這樣的環境下多修煉一段時間，忍不住有些捨不得。要知道，沒有露露的監控與繁雜的課程，這樣獨屬於她的時間千載難逢，怎麼能就這樣浪費在裝病上？

可理智告訴她，這是她不得不去考慮的重點。若是別人察覺到她這位廢物大小姐，自監禁以後身體狀況都沒有變化，這實在太令人起疑了。這樣陰森昏暗的環境，對人的心靈也是一種折磨，而當心靈承受不住，身體狀況自然也會每況愈下。

被監禁了一週的她或許還看不出異狀，再經歷更長的監禁時間後，她應該是要表現出虛弱才行。而且不能是佯裝生病，必須得真的生病，才能騙過那些監看身體數據的人員。

「我知道了……」君兒下意識的嘟囔著，卻在發現自己不小心發出了聲音後，趕緊掩飾自己的呢喃。

＊　＊　＊

「君兒又送醫療室了？」

緋凰顰著眉，對阿薩特轉達的消息感到憂慮。儘管緋凰知道君兒這是刻意為之的行徑，卻還是難掩擔心。

此時的君兒被監禁將近有三週之久，而家族似乎也是鐵了心要懲治她，絲毫沒有傾聽紫羽的請求提早釋放君兒。

這段時間君兒反覆進出醫療室，只要身上的病痛一治好便又關回監禁室。

據說她的女僕露露在君兒這樣反覆進出醫療室以後，還替君兒申請了情緒創傷治療的醫療服務，讓君兒在被釋放之後可以接受治療。

「會沒事的。」阿薩特柔聲安慰。他看著緋凰這些日子以來因為忙碌和操煩，嬌美的臉蛋都因此變得有些憔悴，「妳看妳都快有黑眼圈了，可別被女僕發現妳的異狀。」

「我知道。」緋凰揉著眉心，難掩臉上疲倦。

她一想到自己的同伴此刻正在監禁室裡受著苦，自己平日還得繼續在人前維持那虛假的女王面具，心就無比疲累。

阿薩特心疼的看著緋凰這樣憔悴的臉龐，對自己的無能為力感覺黯然。

「對了，哥。」緋凰忽然面露慎重，問出了她心中一直困惑的問題：「我真的很懷疑，鬼先生跟君兒真的是未婚夫妻的關係嗎？總覺得，鬼先生表現出來的不太像……我覺得，這像是君兒單方面的認為而已。」

「……我想，這件事不是我們兩個外人能插手的。」阿薩特平靜的回應，卻是壓下了他意欲替戰天穹解釋的話語。

因為緋凰對戰天穹有著先入為主的冷酷印象，讓她忽視了戰天穹偶爾會流露的真實情緒。阿薩特身為緋凰的異母兄長，自然知道自己這位驕傲的妹妹不可能聽進別人的勸誡——當然，也不包括他的。

所以需要她自己去發現。

「妳呀，別總是懷疑鬼先生的心意。我相信這點身為當事人的君兒小姐應該是最明白鬼先生的人才對。她是個心思縝密的女孩，又如何判斷不出對方的真誠呢？」

緋凰抿起唇來，像是不滿被哥哥訓話一樣。

阿薩特無奈一笑，輕拍了拍緋凰的腦袋：「妳先顧好自己吧，不久之後的選親宴才是我們真正該注意的。我相信君兒小姐一定會沒事的，妳別因為擔心她而忘記自己的工作。」

緋凰緊顰的眉心依舊沒有鬆開，聽阿薩特提起選親宴的事情，她不由得有些頭大：「家族雖然沒將我加入名單，卻又要我出席選親宴，主動勾引慕容吟。真是令人噁心。」

緋凰面露嫌惡，反感家族先前對她下達的指示。

聰明如她，自然知道家族的真正意圖。那便是要她這位高級商品主動出擊，寄望她能夠擄獲慕容吟的心，讓慕容吟花錢買下她。更近一步的，希望她能打進慕容世家的核心，成為皇甫世家的內

應！

阿薩特森冷一笑，自然猜得出皇甫世家的意圖：「無論這一次的新娘是誰，我們只要專心做好我們的準備工作就行。」

「這噁心的家族……不過很快的，我們就會永遠告別這裡了。」

緋凰先是面露嫌惡，直到說完最後一句話，臉色才浮現了久違的笑意。

自由啊，那是她嚮往了十來年的願望了……

＊＊＊

就在那日突破了瓶頸提升星力等級以後，君兒的控制能力也有提升，讓她可以完全控制星力，不再讓星力自主的治療自己，任由電擊的痛楚在身體裡殘留。

也因此，她的身體隨著監禁的時間越長，也變得逐漸虛弱了起來。直到最後，她已經完全沒有力氣練習戰鬥技巧，只能疲困虛弱的躺在床上縮成一團。

時間流逝，終於就快到了監禁的最後一天。

這天，君兒的臉色因為這段時間的煎熬變得萎靡蒼白，黑眸也顯得無精打采。

「大小姐，監禁的時間就要結束了，請您準備一下，您的保鑣與女僕稍後就會將您接往醫療室。」監控人員的聲音自廣播器中傳了出來。

君兒聞言，緩慢的從木床爬起身來。她踉蹌的走至監禁室裡附設的盥洗室裡頭洗了把臉。看著鏡子中倒映出的憔悴臉龐，她實在不太想讓鬼先生看到自己這副狼狽模樣。

露露和戰天穹正等在監禁室外頭，光腦螢幕上的倒數時間結束。

露露雙手交握胸前，有些緊張擔心。君兒這段時間的衰弱她都看在眼裡，儘管知道這是她因為固執而惹來的麻煩，但是服侍君兒兩年，說沒有感情是騙人的。

「唉……」露露嘆息。她想，經過這一個月的處罰後，君兒的倔強多少也會收斂一點了吧？

當監禁室外頭的倒數時間歸零，隔閡兩個世界的厚重鐵門自動滑了開來。裡頭的景象讓人為之心酸。

君兒撐著瘦弱的身子就這樣坐在木床邊，神情麻木呆滯，臉色蒼白卻有著異樣的潮紅。唯有在和戰天穹對上眼的瞬間，君兒那雙黯淡的黑眸才閃過一絲淡淡的光亮。

戰天穹登時心澀難受。

「天啊！」露露看著君兒的情況，當場倒抽口氣，驚呼出聲。

不過，正當她想要走到君兒身邊時，戰天穹率先她一步來到君兒身邊，將意識有些昏沉的君兒彎身抱起。

君兒微微仰頭，看著戰天穹熟悉的赤眸，這才終於放鬆了身子，輕輕的鬆了一口氣。

戰天穹伸手覆住她的雙眼，利用星力替她舒緩腦袋裡的滾燙脹疼。

「睡一下，沒事了。」戰天穹輕聲安撫道。

接著他瞪了有些傻愣的露露一眼，露露這才自震驚中回過神來：「得快點送君兒小姐去醫療室才行！」

君兒被戰天穹抱著，感覺那熟悉的體溫，這才安心的闔眼，再度陷入意識迷糊的狀態。

很快的，君兒就被送至醫療室進行全面的檢查和治療。

露露和戰天穹等在醫療室外，直到醫生告知可以將君兒接回寢室的消息後，戰天穹才將君兒送回了寢室。

回到寢室後，露露先是打發走戰天穹，然後一臉心疼的替君兒更換回舒適的服裝，隨後小心翼翼的將昏睡的她攙扶回床上。

在女僕的工作時間結束後，露露最後交代了戰天穹一些注意事項，這依依不捨的離開，獨留戰天穹協助照護君兒。

＊＊＊

當君兒再次睜眼的時候，只覺得腦袋還是有些昏沉。

她抬眼掃視了一下四周，發現自己不是在醫療室，而是身處自個寢室之中。床頭的夜燈是唯一的照明來源，昏暗的夜色顯示此刻已是深夜。

「醒了。」戰天穹的聲音從另一側傳來，沒有平時的嚴厲和冷酷，只有淡淡的關心。

「嗯，睡不著了。」君兒疲倦回應，聲音嘶啞難聽。

一陣起身的窸窣聲以及倒茶的聲音在安靜的房間內響起，很快的，君兒手上就多了一杯暖喉的熱茶。熱茶喝下後，君兒感覺舒服了一些，於是開始問起戰天穹目前家族內的情況。

「緋凰她們的狀況如何？咳咳，還有，選親宴公布消息了嗎？」她低啞的嗓音帶著急切，僅因這一個月她完全與外界斷了聯繫，深怕她們的計畫會有生變。

「這點妳不用擔心，緋凰她們會把事情處理好的。妳先把身體養好再說。」戰天穹劍眉一攏，對君兒這樣的情況還想操煩別的事情而有些不悅。

他揉了揉君兒的腦袋，示意要她別操心這些。

「嗯……鬼先生借我靠一下。」潤了潤喉嚨以後，君兒的聲音終於有了起色。她看著在昏黃夜燈下，靜立在自己眼前的男人，揚唇一笑，如此要求著。

沉默了一會，戰天穹落坐君兒的床側，探手將那眼眸清亮、臉上滿是笑意的女孩攬進懷裡。

君兒笑得眼眸都快瞇成月牙了。

感覺那不同於自己的體溫，君兒有種恍若隔年般的久違感。

「這段時間，辛苦了。妳做得很好。」戰天穹讚許道，同時有些心疼的緊了緊懷抱君兒的雙臂。

這些日子她清瘦許多，真是為難她了。

「有鬼先生這句話就值得了。」

君兒輕笑出聲，心裡的委屈因此而消失了。她臉上掛著喜悅安心的笑意，忍不住往戰天穹懷裡縮了縮，貪戀他溫暖的體溫。

只是隨後，戰天穹就要推開她。

察覺到戰天穹意圖的君兒面露不滿，氣惱的揪住了男人的衣襟，不讓他有機會退開。

「鬼先生！」她怒聲喝止，卻因為忽然拔高的音調而又讓她嗆咳出聲。

戰天穹還是掙開了她的手，沉默的替她又倒了一杯茶。

「……妳長大了，別老是像個不成熟的孩子一樣要人抱。」戰天穹冷靜的開口解釋，面具底下的俊顏卻因為方才的擁抱而有些熱燙。

「誰說長大就不能抱的？」君兒困惑顰眉，望著戰天穹的眼滿是質疑。

「鬼先生該不會是開始討厭我了吧？」她神情面露哀傷茫然。「我做錯什麼了嗎？」

君兒這樣失措迷惑的模樣，還是讓戰天穹心軟了：「妳沒有錯，只是妳長大了而已……咳，妳已經不是個小女孩了，不太方便跟我一個成年男人這樣摟摟抱抱。」

君兒不滿的嘟囔道：「為什麼？我抱的是我的未來老公，有什麼好不行的？」

「咳咳！ㄚ頭，這我還沒有答應妳。」

「哼，這句話鬼先生說了快兩年了，你難道沒有被我的認真打動，決定點頭答應我嗎？還是，你其實在逃避什麼？是在逃避我，還是你自己？」

君兒有些氣惱，審視的目光望向戰天穹，像是想要看穿他的偽裝一樣。

戰天穹狼狽的迴避開她的眼神。

「那是因為妳還不了解我……」

「那就給我機會了解。」君兒認真的回答道。

戰天穹看著君兒執著堅定的眼，第一次覺得「坦承自己」是多麼可怕的一件事。

他有很多秘密和傷口，卻還沒做好心理準備要跟她分享。

唯獨對感情這件事，他只是個害怕受傷的平凡男人而已。

「……」張口欲言，然而戰天穹最後什麼也都沒能說出口來。他只是沉默的回到自個房裡，留給君兒一抹寂寞的背影。

直到戰天穹的身影消失在門後，君兒才捧臉嘆息。

鬼先生究竟是有什麼樣的過去，才會造就如今這樣冷漠冰封的性格？

想起他不發一語離開的背影，君兒只覺得，心很疼……

Chapter 33

開啓精神力

在接到君兒結束監禁的消息以後，紫羽第一時間便趕來看望君兒。

可惜緋凰和蘭表面上與君兒不合，只能暗中透過紫羽向她表明關心。

「君兒，妳還好吧？我好擔心妳。」紫羽怯怯的望著床上半躺著的少女，聲音輕細，君兒臉上的蒼白讓她很是擔心。

紫羽坐在床邊一側，接手露露的工作，溫柔的替君兒梳起頭髮來。

「還好，就是很想吃東西跟睡覺而已。」君兒苦笑回應。她已經吃了無味的營養劑一個月了，回來以後看見那些美味健康的料理，便怎樣也壓抑不了肚子裡的饞蟲。

紫羽還有很多話想說，但奈何女僕就在身邊，她只能挑選了一個安全的話題開口。

「對了君兒，妳被監禁可能不知道。聽說兩個月後，我們家族就要為慕容世家舉辦選親宴了呢。」紫羽看了君兒一眼，有些擔心的問道：「因為家族要求所有的大小姐都要出席，所以妳也要參與喔……我知道妳和慕容少爺起了衝突，不過就當是去玩樂跟享受美食吧？」

「嗯，我知道。」君兒低垂眼簾，壓下了因為紫羽提及某人而升起的怒氣。

這個時候，露露忍不住插了句話：「好可惜喔，如果那天君兒小姐接受慕容少爺的情意，相信今天君兒小姐已經成為慕容世家的少夫人也說不定。」

君兒只是淡淡的瞥了露露一眼，便不再理會。

看著君兒這樣冷淡的回應，露露有些挫敗，卻誤以為是君兒這段時間被監禁，所留下的心靈創傷。現在的君兒，唯獨只會對紫羽面露微笑了，對其他人都是冷漠對待，甚至是置若罔聞。

「不曉得慕容少爺會選擇誰呢？不過，應該和我們沒有關係吧？」紫羽輕輕的說著。知道自己身為最低等的商品，慕容吟對自己大多是抱持著耍弄的心態，結婚這樣慎重的大事，是不可能落在她身上的；而君兒則因為這一次的事件，惹怒了慕容吟，就緋凰的分析，慕容吟應該是不會再對君兒有所留念了。

想到這，紫羽頓時有種鬆了口氣的感覺。

「對了君兒，這段時間的課堂筆記我存在光腦系統裡囉，等妳有精神的時候再看。因為進度落下太多，所以妳有不少作業要補齊的，有問題要和我討論喔。」

紫羽靦腆的笑著，又和君兒聊了一些最近發生的事情，這才依依不捨的離開。

「紫羽小姐人真好，又溫柔，可惜就是評等太低，人又太膽小懦弱了，不然這一次其實也很有機會的。」露露感嘆不已。

君兒淡漠的回應道：「人的價值是不能用評等分數來衡量的。」

露露長年在皇甫世家工作，多少沾染上這個家族以分數衡量一個人價值的品性，聽君兒這樣說，她想要開口反駁，但看著君兒比起過去還要更加冷冽的黑眸，辯解的語詞卻怎樣也說不出口。

君兒接著埋首查看紫羽提供的講義訊息，不再理會一臉苦悶糾結的露露。

＊＊＊

時間又過了一星期，君兒的身體狀況也逐漸復原。這天她已經能夠在戰天穹面前，演練一次她被監禁時練習的成果了。

看著這樣認真的君兒，戰天穹在幾番衡量後，決定要幫她開啟精神力了。

戰天穹輕咳了聲，問道：「君兒，還記得我和妳的約定嗎？」

「嗯？你是說我長大要嫁給你的約定嗎？」

君兒笑盈盈的回應，她刻意曲解戰天穹的語意，讓男人窘迫的嗆咳了聲，最後才在捉弄某人得逞後，主動轉回正題：「好啦，我知道鬼先生是說兩年內踏足行星級的那個約定。」

君兒黑眸閃亮，心情早因為他的問話而激動起來。

只要精神力覺醒，也代表她能夠實際操演符文的技巧了！

因為星力的修煉，人類的身體潛能也持續被開發，「精神力」便是其中之一。

精神力具有加速修煉星力的功效，甚至可以用來作為攻擊手段。只要運用得宜，這將會是一份非常強悍的力量。同時，擁有精神力也是使用符文技巧唯一的限制。

一般來說，精神力會在突破第四階段的「恆星級」以後自然覺醒，但是究竟是哪個階段覺醒情況因人而定，覺醒的機會約是百分之一。而能夠覺醒精神力的人，堪稱同階無敵。

精神力覺醒的越早，代表擁有越大的成長空間。

有些師父導師或宗族長輩，常會幫自己的徒兒或者是血親直接開啟精神力。

但最困難的要件其一，便是雙方必須完全敞開心靈，很有可能被對方知曉自己想要遺忘的過往；要件其二，幫忙開啟精神力的那一方，必須耗損自身兩成精神力作為代價；要件其三，開啟者實力至少要達到星海級。

另外，強制開啟精神力有一弊端，那就是被開啟的一方，將會永遠留有開啟方的精神印記。這種印記是不能消除的，這無疑是在極度私人的精神領域中留下一道後門，讓開啟方可以隨意感應到對方的狀態，所以如果雙方不是互為重要之人，絕對不會有人願意幫忙開啟精神力或是讓人幫忙開啟精神力。

戰天穹簡單的跟君兒講述了一下開啟精神力的經過和條件，卻沒有提及他將會自損兩成精神力的事。

「對了，鬼先生，那天我在突破等級時，在腦海裡看到一些異象。在我的圖騰四周有九把符文

凝聚而成的劍，我想請問你——」君兒早就想找機會跟戰天穹談論這件事了，只是這段時間忙著調理身體，沒有多少時間可以與戰天穹私下相處，剛好現在有機會，於是她便將自己的困惑說出口。

「我知道，那天妳突破等級時我也在場。」戰天穹平靜的打斷君兒的問話。

「你也看到了？難道突破等級時，在我腦海中的異象也發生在外頭了嗎？！等等，不對，你說你也在場是……」聽到戰天穹的回答，君兒的臉色變得無比精采。

她被關在監禁室應該無人能夠自由出入才對。鬼先生也在場的意思是……他擁有穿行空間的能力？！

好吧，依這男人的實力與傳聞，君兒頓時可以理解這件事了。

鬼先生當時用的，應該是只有星域級強者才能在空間中進行移動的特殊能力吧？

戰天穹知道君兒主動提起符文劍的事情，是因為她信任自己，不由得心生溫暖。不過他的神情卻變得嚴肅。

「那天妳在突破時的異象，那九把由符文架構而成的短劍，就是掌握『符文凝武技巧』的象徵。這是極其罕見才會在覺醒精神力時，同時喚醒的能力。也代表一旦妳掌握了精神力，就能同時掌握那樣的技巧……我想，這個世界可能只有一個人能夠解答妳的疑惑。」

「誰？」君兒聽著戰天穹這般嚴肅的口氣，忍不住跟著緊張起來。

「人類五大守護神之一的『陣神滄瀾』……他和妳一樣，天生就擁有符文凝武技巧，同時，他也具有跟妳相類似的圖騰。」

戰天穹頓了頓後，便將羅剎跟他的關係說了出來。

「那位『陣神滄瀾』，也是十四年前，要我來原界尋找擁有『星星之眼』的人。」

君兒愣然的瞪大眼，不懂為何鬼先生尋找「星星之眼」的事情會牽扯上守護神之一的「陣神滄瀾」！

看著君兒眼裡的迷惑，戰天穹心裡也充滿疑點。

「以後我會帶妳去見他，或許他知道妳的身世也不一定。」

君兒在聽聞「陣神滄瀾」竟然和她擁有相類似的圖騰及能力以後，這樣的雷同性讓她第一時間便聯想到：「莫非那是我的親人？」

不過這個想法很快就被抹除了，陣神滄瀾可是活了五千年的存在，哪有可能跟她這個才十六歲的丫頭有血緣關係。

「總之，等一下我會先幫妳開啟精神力，然後再指導妳一些使用精神力的技巧。符文凝武的技巧雖然我不會，但好歹我也看過實際操演，多少能給妳一些建議，其他的只能靠妳自己發揮了。」

君兒聽戰天穹竟然懂一些符文凝武的技巧，頓時心生喜悅，這樣她就可以少走許多彎路，至少

不用自己瞎摸索了！

「鬼先生謝謝你！」

君兒開懷的道著謝，讓戰天穹有些尷尬。

「對我不用道謝……總之，現在先幫妳開啟精神力吧。」

Chapter 34

隱藏在表面之下的空寂

君兒雀躍的問著：「我需要準備什麼嗎？」

戰天穹走至床邊，嚴肅的下達指示：「對我敞開心靈、保持信任，不要抗拒我的力量。」

接著他便脫掉了面具，人半跪在床邊，雙手捧著君兒的臉龐，將額心抵上她的。

君兒因為戰天穹的靠近，臉上忍不住泛起紅潮。

她好奇大膽的望著戰天穹的臉龐。此時那張臉龐沒了鐵灰，古銅色的肌膚讓他看起來多了幾分帥氣，比起先前呈現半面鐵灰時的邪異感又是另一番感覺。

君兒有些好奇，探手撫上男人的臉龐，疑問昔日所見的鐵灰何在。

臉龐上的冰涼小手讓戰天穹身子一僵，儘管這段時間他已然習慣君兒的親近，卻不代表能放縱她這樣親暱的碰觸自己。

「別碰我。」他疏離的說著。

明白他心中糾結，君兒只是一笑，指尖輕柔的劃過戰天穹的臉龐，然後滑過他的頸後。在感覺到他的緊繃以後，她這才收手不再戲弄他。

「鬼先生，其實你很好看的，你是我看過除爺爺以外最帥的男人哦。」君兒誠實的說出自己的欣賞，有趣的看著戰天穹面無表情卻不自覺泛紅的耳根。

「妳總是和別人不一樣……誰會管怪物好不好看？」戰天穹笑得苦澀。

或許他的族人並不害怕他的異常，但他心裡總是有那麼一個聲音不斷提醒他，他是個怪物，不能太過靠近別人、不能與人親近……

「你希望我和別人一樣嗎？」君兒平靜的問著，帶著探詢的眼眸清澈。

戰天穹呼吸一滯。

這怎麼可能？他就是喜歡她的「特別」。

他們額心抵著額心，彼此眼神裡的情緒自然無法迴避。

注意到那雙赤眸閃過了一絲羞窘，君兒愉快微笑，知道這戰天穹是標準的口是心非。

戰天穹看見君兒眼裡有著笑意，有點懊惱。只要遇上她，他就會倍感無措。

「妳……」

戰天穹就想出口警告，君兒卻已是闔上了眼，丟下了一句「我準備好了」，迴避了他意欲說出的話語。

戰天穹只得苦笑，對這樣的君兒莫可奈何。

隨後他深吸口氣平復心情。然而看著君兒的小臉，他猶豫了一會，還是出言提醒道：「在開啟精神力的時候，我和妳可能會無意接觸到一些對方過去的經歷……」

「如果是鬼先生的話，沒關係的。」君兒坦蕩蕩的說著，無論是對於他將會看見自己過去的經歷，還是她將會看見他的……

戰天穹沉默了一會，語氣壓抑的說：「我是希望，妳若是看到了關於我的什麼事，就請忘了吧，當作妳什麼都沒看過。我不希望妳被我那樣的過去嚇到。」

君兒睜眼，看著戰天穹赤眸中的慎重，讀出了他深藏的害怕，以及怕被她知曉更多的膽怯。她體貼的沒有點破，輕輕點頭，表示同意。

君兒自認自己都不害怕鬼先生的那張鐵灰容貌了，更何況是其他的事情。

終於，戰天穹慎重的開始了這一次的重大任務——開啟精神力！

閉上眼的君兒，只覺得額頭闖入了一股力量，就彷彿被人用利刃扎進腦袋似的，劇烈的疼痛刨挖著她的額心，讓她疼得臉色都白了。

她沒料想到強制開啟精神力竟會是如此一件難受的事，君兒在措手不及之餘還是很快調整了心態，緊咬銀牙，等待著這樣的疼痛過去。

就在疼痛蔓延腦海時，君兒腦海深處的蝶翼圖騰卻是亮起了燦爛光輝，她感覺到了那圖騰竟分出一絲力量來協助她開啟精神力。

而在戰天穹的意識裡，他看到那枚神秘圖騰，似乎開始緩慢的解開那深埋的封印……

雖然有著圖騰的協助，但君兒還是覺得疼痛萬分，只能任由兩股力量在自己腦中流竄。

有好幾次她都想要直接昏過去，卻又怕會因為自己的昏迷而導致失敗，只能咬牙強撐。

疼痛讓君兒幾乎混亂了時間感受，彷彿經過了許久許久，但其實僅僅只過了一瞬。

忽然間，她腦海深處湧現一股溫暖的力量，君兒感覺到原先腦袋裡的劇烈疼痛，轉瞬就成了一種難言的舒適感！

而此刻，在君兒腦海中蝶翼圖騰的四周，一片混沌的區域自圖騰下方蔓延擴散——就像一個正在擴張的初生宇宙一樣。

外來的精神力灌注其中，不斷的實化這片虛幻的世界。

直到戰天穹在耗損兩成精神力後感覺力歇，這才停止協助君兒擴充這個精神力的世界。

望著那仍在自主運作的中心圖騰，戰天穹的心情有些複雜。

此時的君兒還未從喚醒精神力的狀態中脫離，但她逐漸成形的精神空間裡，卻因為他的強行介入開啟，而留下了一縷烙印。

戰天穹回憶著在幫君兒開啟精神力時，偶然「閱讀」到的君兒記憶。對她過去的經歷感到心疼的同時，也有著感嘆。

在最艱困的環境，擁有一顆永不放棄希望的心，這就是君兒一直以來都能這麼堅強的主因吧。

那些片段，引起了戰天穹想要真正了解一個人的想法。

但一想到，君兒也可能在開啟精神力時，看見他的一些過往經歷，戰天穹頓時有些慌亂。

不等君兒甦醒，他便自君兒的精神空間中抽離，複雜且憂傷的眼看著還未甦醒的少女，讓她躺回床榻，自己則躲回了自己的寢室……不敢去想，甦醒後的她會是什麼樣的表情。

當疼痛消失後，感覺到腦海中多了一份陌生的力量，君兒有種說不出來的激動感。

這就是精神力嗎？君兒自問著。

忽然間，君兒看見了一片位於自己意識中的奇異空間！

君兒看著意識裡一片灰濛濛的天地，就像是宇宙初開一般的，一切都還處於一片混沌之中。而在這片空間的正中心，蝶翼圖騰正閃耀著神秘又沉靜的光輝。

君兒為這樣的奇景讚嘆不已的同時，亦發現了在意識中的某一處，多了一團由赤紅色精神力凝聚而成的光團。

這似乎就是鬼先生說的，開啟者會在被開啟者意識中留下的精神印記？

君兒好奇的打量著這個精神力光團，可以感覺到從光團另一端傳來的熟悉力量。

（鬼先生？）

君兒透過新掌握的精神力輕喚著戰天穹，卻沒有得到任何回應。

感覺到君兒的呼喚，戰天穹有種害怕被識破秘密的狼狽感。

戰天穹透過他留在君兒精神力中的精神印記，靜靜的關注著君兒的狀態，最後才猶豫的問出聲來：（妳什麼都沒有看到嗎？）

就像他方才看到了君兒的過去一樣，照理君兒也會看到屬於他的經歷才是。但君兒此時的活潑表現，卻完全不像個看過他部分經歷的人。

（嗯？什麼？）君兒一愣，半晌才從開啟精神力的喜悅中回過神來。

（如果鬼先生是說關於你的經歷的事，我沒有看見。）君兒皺了皺眉，深切的表示可惜。

戰天穹略感放鬆的嘆息了聲。

（沒看到就好。）

他的語氣顯露了疲倦，讓君兒有些困惑和擔心。

（鬼先生你還好吧？）

君兒只是單純的以為戰天穹是因為協助她強制開啟精神力而短暫的耗損了精神，卻沒想到這竟是永久性的損傷。

戰天穹不打算解釋，只是淡淡一笑。

（沒事，休息一會就行。妳可以先熟悉自己的精神空間，等等我再指導妳一些操作精神力的技巧。）

隨著戰天穹的聲音陷入沉寂，君兒便在好奇心的驅使下開始探索自己精神空間的遊戲。

她擺動著手腳，像隻鳥兒般輕盈自在的飛翔著。這樣的自由感受讓她驚喜的發出開懷笑聲。

而玩鬧了一會，君兒很快的對自己單調且渾沌的空間覺得沉悶。回首望去那團散放著穩定光輝的紅色光團，君兒對另一頭屬於戰天穹的精神空間感到好奇。

她落在光團前，好奇的輕觸戰天穹留下的精神印記。

（鬼先生，我可以去參觀你的精神空間嗎？）

君兒輕快單純的詢問，並不知道「參觀」別人的精神空間是一件非常無禮的事。對君兒而言，在這個世界最親近的也只有戰天穹了，所以她會想要親近他也是非常正常。

更別提，光團另一頭傳來了熟悉感……那無比熟悉的感覺，好像在哪裡感受過。

那是和戰天穹相似卻又不太相同的感覺。

此時正在光團另一端，呼喚著她。

（……妳要做好心理準備。）

戰天穹乾啞的聲音自門戶後傳了出來，帶著某種壓抑。

他鼓起了勇氣決定要讓君兒探究自己的精神空間，儘管不是完全的坦承，對他而言卻是一種讓人惶恐的挑戰。

君兒諒解一笑，卻是撫上了那光團，低語道：（鬼先生別怕……我不會吃掉你的。）

她調侃的飛揚語調，讓戰天穹有些哭笑不得。

最後君兒毫無阻礙的被那團溫暖光團吸了進去，轉瞬間便踏進了那片屬於戰天穹的精神空間。

＊ ＊ ＊

光團另一端，是一片完全由紅海黑天建構而成的空間。

那漆黑的天，給人一種沉重的壓抑感；那猩紅如血的海洋浪濤陣陣，給人一種狂妄傲氣之感。

戰天穹有說過，精神空間正是體現一個人個性的象徵型態。

只是這單調的世界，卻讓人感覺到一絲悲涼。

君兒靜靜的望著那暗紅色的海洋，剛才那熟悉的感覺似乎就是從海洋深處傳來的。

這片海洋底下，藏著的究竟是什麼呢？

君兒赤足踏浪，這片海洋竟奇異的乘載著她，讓她不至於下沉而能夠行走於其上。

拍來的浪濤有些寒冷，腳下踏著的浪卻是溫暖的。

就跟鬼先生給她的感覺一樣。

冰冷底下藏著火熱。

閒晃了一會，君兒對戰天穹的沉默感到擔心。

（鬼先生，你還好嗎？還是說我打擾你休息了？）

（沒事，只是累了……）

戰天穹的聲音迴盪整個空間，卻沒有制止君兒繼續探索自己的精神空間。

第一次接觸這樣奇異空間的君兒，自然不可能這麼輕易就放過探索的機會。尤其她清楚，這次戰天穹是特別破例允許她進入他的精神空間，往後可能就沒有這個機會了。

在好奇心以及熟悉感的召喚之下，君兒輕輕探手碰觸這片暗紅色的海洋。

底下的水溫比表面的更加溫暖。

君兒忽然一愣，似乎是指尖觸及了什麼。她隨手將之拉出了海洋——那是一塊菱形狀的紅色碎片，碎片顯化出一幕幕畫面。

（不要看！）

一陣吼聲伴隨著海浪拍來。

當君兒回神時，她手上的那枚碎片落回了海中，消失在深處。

那是被戰天穹「丟棄」的回憶，也是他最不願被君兒看到的過去……但，那本應該是被深藏在心海深處的殘片，為何會被君兒隨意撥弄就撈出心海？

戰天穹還沒能思索出答案，又因為君兒再次撥水的舉止而精神緊繃。

（不要看。）他再次說道，語氣竟不經意的帶上哀求。

君兒微微蹙眉，她環視一望無際的赤色海洋，問道：（鬼先生是在躲我嗎？）

她不提記憶碎片的事，知道那是戰天穹此時還沒能面對以及坦承的過往。她只是詢問主人為何始終沒有現身。

（……）戰天穹沒有回應。

君兒躊躇了一會，最後提出自己的要求：（我想見你。）

隱藏在某處的戰天穹，默默的撫上自己臉龐，對自己此時呈現的狀態倍感痛惡。雖然君兒已經見過他半面鐵灰的型態，但卻還未看過詛咒真正甦醒的模樣。

戰天穹不願意讓君兒見到自己這副德性。

（鬼先生有說，精神空間中呈現的都是『真實』對吧？那我想看真正的鬼先生。）君兒堅定的說著。

（……為什麼？）戰天穹低沉的語音帶著茫然和糾結，不懂為何君兒這般堅持。

（因為我想更了解鬼先生啊。）君兒回答著，雙手叉著腰，專注觀看著四周，似乎就想揪出那個躲藏在這片空間某處的主人。

戰天穹遲遲不現身，於是君兒便說出了讓戰天穹難以拒絕的話語。

她黑眸烏溜一轉，笑容可人的說道：（鬼先生其實也很希望被人了解，對吧？不曉得我有那個榮幸可以成為其中一員嗎？）

（了解我……是嗎？）戰天穹苦澀一笑，心裡卻因為君兒這樣的堅持而微微泛著暖意。

她雖然不是第一個主動想要了解他的人，卻是第一個讓他心動的人啊。

（唉……嚇著了可別怪我。）戰天穹只能無奈的長嘆了聲，最後終於顯現了身影。

戰天穹的臉龐左側被鐵灰侵蝕了。這相貌君兒過去曾見過一次。

只是在精神空間裡，他的左側臉龐卻詭譎的多了一行流動著赤紅光輝的楔形文字。

楔形文字自額間髮際向下劃過眼眸，直入頸項，蔓延至衣領底下。

左側的眼白化作一片漆黑，搭配著鮮紅的瞳孔，散發著一種異樣的邪惡感。

見君兒看來，戰天穹有些狼狽的就想側頭掩飾猙獰如魔的左半臉。只是在思索片刻後，他又轉了回來，直勾勾的望著君兒。

（可怕嗎？）他嘴角微揚，問著。

奈何那抹笑實在太過哀傷，讓人看了就覺得心痛。

幾乎是沒有猶豫的，君兒直接朝他走了過去。然後，親暱的拉住他同樣浮現鐵灰與紅印的左手，無比認真的看著他，眼神清澈。

君兒誠實的說：（你這模樣……的確還滿可怕的。）

戰天穹身軀一震，面露哀傷，就想甩開君兒拉住自己的手。

然而，君兒隨後的話語卻讓他停下了動作。

（但我知道你不會傷害我，哪怕你再可怕也一樣。我知道你的內心還是那個溫柔的鬼先生，你才捨不得傷害我呢。）君兒語氣溫柔的讓人心悸。

戰天穹一抿薄唇，冷漠的臉龐冰融，顯露一絲罕有的脆弱，隨後忘情的將君兒圈進懷裡，用力擁抱。

君兒沒有多話，她知道這個時候無須任何言語。她將身子縮得更靠近戰天穹了，手亦緊緊環住他的腰際。

（傻女孩……）戰天穹抱以嘆息，他抬手撫摸君兒披散身後的柔軟烏髮。

自己枯竭的心從沒有像這一刻這般充實心暖過。

這個世界，有那麼一個人能夠接受完整的他……原本心空缺的一角，因此被一種名叫「幸福」的情緒填滿了。

不管君兒是誰，又藏著什麼秘密，恐怕這輩子，他是注定要為之沉淪了。

Chapter 35

選親宴開始

隨著宴會即將展開，害怕這高調的宴會會惹來一些覬覦皇甫世家天賦的組織，或兩大世家仇視的哪個家族，皇甫世家安排了最森嚴的戒備。

由於君兒較晚抵達禮服室，因而拖延了時間。

當其餘的大小姐早早就著裝完畢，前往會場等候宴會開始後，原本擁擠的禮服室便只留下君兒、蘭。君兒看了蘭一眼後，輕輕點頭打了聲招呼；蘭則一臉淡漠，沒有因為君兒的主動招呼而有任何反應。兩人就像是完全沒有交集的陌生人一樣。

由於今晚的宴會極為正式，蘭幾乎可說是全副武裝。淡藍色綴著亮片的禮服，一整套的海藍珠寶耳環項鍊，搭配她一頭深藍色的長髮，以及隨著年紀增長，豔麗中帶著野性的容貌，讓人驚豔不已。

「君兒、蘭，抱歉我晚到了，差點就睡過頭。」

急忙趕來的紫羽顯得有些狼狽，而跟在她身後的女僕則是面露不悅，顯然是對紫羽對待宴會的不慎重態度而深感不滿。

君兒好生安慰了紫羽一番，不一會的，紫羽的目光就突然被蘭吸引住了。

「蘭好漂亮——」紫羽看著裝扮美麗的蘭，讚美的話語真誠的說出了口。

原本冷漠的蘭也因為紫羽的讚許而面露笑意。

「君兒小姐，輪到您了。」露露來到君兒身邊，神采飛揚的將她帶到了設計師面前，似乎已經跟設計師談妥了妝扮。

設計師讓君兒換上先前訂製的禮服，再開始根據她的身材做細步調整，然後開始為她上妝。

在這段有些無聊的時間裡，君兒透過鏡子觀察對面，正被另一位設計師上妝、一臉緊張的紫羽。紫羽淡紫色的頭髮做了個俏麗的單邊低馬尾造型，釵上一朵新鮮的粉紅百合花。她穿著一套月牙白的紗織長裙，款式雖然保守，但顯得飄逸出塵。

「君兒小姐，請您看看是否還有什麼不滿意的地方。」設計師公式化的詢問君兒的意見，這才將君兒飄遠的注意力拉了回來。

君兒看向眼前的等身長鏡，裡頭的自己身穿黑色緞面禮服，平口式的禮服微露略顯輕澀的起伏胸線，腰間配戴了一條水鑽腰鍊。緞面長裙曳地，裙襬正面由底部往膝蓋呈倒V狀，在行走時會露出小腿曲線以及腳上的純黑跟鞋。設計師又幫她弄了個性感的頭髮造型，刻意垂落幾縷黑絲於雪白肩頭，在清純中帶上一點性感。

不得不說，設計師將每一位少女的特質都完美呈現了出來，就是不知今晚究竟是花落誰家。

沒有女人不愛漂亮的，這點自然連君兒也不例外。她讚嘆的看著鏡中造型大變的自己，覺得自己都快被自己媚惑了。

「君兒小姐，您好漂亮哦！希望這樣美麗的您能讓慕容少爺回心轉意。」

君兒臉上只是掛著疏離的笑，沒有回應露露的話。

君兒對自己的造型沒有意見，設計師便讓她套上與禮服同樣材質色系的長手套，還沒好好打量夠自己，便被急躁的露露直接拉了出去。

「快走吧，我們在禮服室待得太晚了，等等宴會就要開始了，君兒小姐得趕緊占個好位子，讓慕容少爺看見大變模樣的您才行！」

戰天穹和另外兩位保鑣正立於禮服室門口外，他見露露偕同君兒走出，便沉默的跟上了她們的腳步。

「君兒小姐，您走快點嘛！」露露不斷的催促君兒。

「我要等紫羽。」

君兒沒有理會露露，相反的還放慢了腳步，微微側頭往禮服室的方向看去。目光卻落在戰天穹身上，朝著他盪漾出一抹美麗笑顏。

君兒俏皮的眨著眼。（鬼先生，今天我漂亮嗎？）

她想要在戰天穹面前轉圈，讓他看看自己今天的妝扮，希望能得到他的讚美與欣賞。

戰天穹沒有回應她，只是望著她的赤眸多了幾番深沉。

「君兒！抱歉，等很久了嗎？」

紫羽的聲音傳了過來，她終於妝扮完畢，和蘭一起追上了君兒的腳步。

「一起走吧。」紫羽靦腆溫柔的笑著，拉住了君兒，另一手則牽著蘭。

蘭在此時皺了皺眉，適時的表達她對君兒的排斥。她轉頭對著紫羽埋怨道：「妳怎麼每次都黏著她？」

蘭有些不耐的望了君兒一眼，兩人卻是交會只有彼此才了然的眼神。

「蘭、君兒，妳們就好好相處嘛。」紫羽靦腆一笑，扮演緩和氣氛的角色。

君兒對著紫羽微笑，卻是語詞犀利：「我希望呀，可就是有人不領情嘛。」

「哼。」蘭輕哼一聲，伸手就要把紫羽扯走。

她們三人就是這樣飾演著既不和諧、偶有衝突的情境角色，但大家都明白，這樣戴著面具虛偽度日的時間不多了。

想到這，君兒不由得有些激動。相信其他人的心情也是一樣的。

也就在君兒這麼一閃神的瞬間，蘭又正好強硬的扯開紫羽，君兒因紫羽拉著自己的力道而腳步一亂！下意識的，這段時間的戰鬥訓練讓君兒就想做出反應。

（不要動。）戰天穹淡然的嗓音響起，喝止了君兒的打算。

「君兒小姐！」露露見君兒腳步踉蹌，忍不住驚叫出聲，伸手就想拉住她。

君兒身後的鬼面保鑣反應極快，在君兒就要滑倒前，胳臂一伸，扶住了她。

這才回神的紫羽緊張的回到君兒身邊，和露露一起檢查她有沒有扭傷腳。

君兒穩住腳步，對自己方才下意識的做出反應的行為，感到冷汗淋漓……差一點就被人發現她擁有不符合廢物之名的實力了！

「謝、謝謝。」君兒俏臉泛紅，對著攙扶自己的戰天穹羞澀的看去了一眼。

「小心點。」戰天穹淡聲警告，同時將君兒扶穩站定，便鬆開手，退回原本守護她的位置上。

他目不斜視的望著前方，像是沒注意到君兒因為上了妝而變得成熟俏麗的容貌。然而心思卻早因見到君兒這樣少有的正式裝扮後，有了起伏。

他只能強迫自己壓下心頭鼓譟，以免惹來契約反應。

君兒因為戰天穹的冷漠而有些失望。

「走吧，再不快點就要遲到了。」

君兒淺笑，安慰紫羽。同時邁開優雅的步伐，挺直腰背，將自己最美麗的一面展現出來。

哪怕鬼先生不願意評價她此時的裝扮，但多少還是看得見的。

跟在身後的戰天穹，眼神默默的追尋著走在眼前少女。

良久後，戰天穹才低聲表達自己的讚美。

（……很漂亮。）

聽見透過精神通道傳來的這聲讚美，君兒忍不住微揚粉唇，小臉不自覺的露出了一抹似嬌羞的神情。

＊＊＊

當一行人來到宴會廳後，幾乎所有的大小姐都聚集於此了，此時正互相攀比今日的容貌裝扮。

在看見君兒三位大小姐抵達以後，有些大小姐面露嘲諷，但更多的，卻是男性護衛與保鑣們朝她們投來驚豔目光。

注意到有不少同儕正關注著君兒，戰天穹皺起了眉。

而這時，君兒卻是回首對他燦然一笑，俏皮的眨眨眼眸。

「鬼先生，我們去參加宴會囉，祝你巡邏順利。」她輕聲笑著，拉著紫羽走向大小姐們聚集的區域。

戰天穹看著君兒離開，隨後便和其他保鑣走至定位守衛會場。

可以的話，他希望自己是那個守在她身邊的騎士……

隨著選親宴即將開始，最後一位抵達宴會廳的是女王緋凰。只見她今天一反平常最愛的軍裝，而是穿著一件紅色金邊、貴氣十足的古中國開高衩長襬旗袍，尾端是特殊設計過的荷葉邊，旗袍上頭繡著飛揚的鳳凰，就如同她的名字般。

緋凰的出現，自然蓋過了其他大小姐的鋒頭。雖然她不在選親宴的名單裡頭，但也得到家族授意，要她來展現一下皇甫世家頂級商品的底蘊。

「女王大人來了！」

大小姐們見緋凰出現，不少人露出驚喜神情，卻也有少部分的人不同以往的面露戒備。畢竟今日這個場合，是關係到自己的未來前途，哪怕是過去崇拜景仰的對象，總還是會產生一絲競爭感。

見大小姐們的注意力被緋凰引開，君兒和蘭趁機帶著紫羽走至會場的角落，試圖避開稍後最熱鬧熱絡的區域。此時三人望向會場中被群花包圍的緋凰。

最後慕容吟究竟會選擇哪位大小姐？

「誰被選上，誰倒楣啊……」蘭冷聲嘲諷。

Chapter 36

赤裸裸的報復

隨著時間漸晚，宴會廳中的氣氛越烈。

一位穿著西裝的男人走上布置華美的致詞台——

「現在正式宣布，皇甫世家與慕容世家的聯姻晚宴正式開始！」

隨著宣布開始的話語落下，宴會廳會場的入口處，穿著筆挺西裝、容貌帥氣的慕容吟，在一群同族的年輕男性親友的陪同下，瀟灑的走了進來。

大小姐們有些佯裝羞澀，有些則是熱情的直接迎了上去。

君兒與蘭互視一眼，兩人的目光隨後落在群雄拱衛的那名男性身上。

闊別幾個月，慕容吟似乎變化不大，就是表情更討人厭了些。

君兒嫌惡的皺了皺小鼻子，不想再理會那煩了她許久的臭男人。更別提她故居的事，她還沒找他清算呢！

慕容吟一踏進宴會廳，目光便無意識的開始尋找君兒的身影，在發現君兒身影的同時，他自然也沒放過君兒面露嫌惡的神情，沉寂了幾個月的怒氣再度浮現。不過這一次他是有備而來的，所以很快就平息了情緒。

但慕容吟還是忍不住因為君兒今日的裝扮而感到驚豔。

過去他僅看過君兒穿過一次正式的禮服，那時的她還是只是個女孩，而此時穿著純粹黑色的禮服，梳著慵懶性感的髮型的君兒，仍舊是一臉的漠然驕傲，讓她倍感神秘與性感。

慕容吟隨後移開了目光，他不願意再像過去那樣對君兒投以太多的關注。

他嘴邊彎起一抹殘酷的笑，另有所圖，看向君兒身旁的兩位少女。

身穿白色禮服，模樣楚楚可憐的紫羽正因為他的關注而一臉緊張，那單純天真的模樣，讓人想把她摟進懷裡好好疼愛呵護。

而守在紫羽身邊，正對他面露防備的蘭，性感的裝扮也讓他好生驚豔。

此時，一道女子嗓音傳了過來，打斷了慕容吟的思緒。

「慕容少爺，祝您今日能選到理想的新娘。」

緋凰主動出擊，面帶笑意的朝慕容吟走來，高貴優雅的模樣讓人難以忽視。

慕容吟很快就因為緋凰這樣女性化的裝扮吸引住了。

「緋凰小姐今天可真是美豔動人，可惜卻不是名冊上我能摘採的鮮花。」慕容吟面露可惜。

緋凰低低一笑，卻是轉開話題，引開了慕容吟放在君兒三人身上的目光。

看著會場中上演的這一幕，君兒三人才悄悄鬆了口氣。

「剛剛慕容吟看過來的眼神害我都快嚇死了。」紫羽略鬆口氣似的拍撫著胸口。

蘭開口安慰著緊張不已的紫羽：「紫羽，放心啦。慕容吟是絕對看不上我們的。」

可紫羽卻微微顰起了眉，面露不安。

她的直覺一向敏銳，當慕容吟進入會場時，他盯著君兒的目光，似乎言述著他還沒打算放棄君兒的意思……可隨後，他朝自已看來的目光，又是什麼意思？

「別擔心，慕容少夫人的位置可是有很多人爭著去坐呢。」君兒看見紫羽惴惴不安的神情，也跟著安慰她。

既然君兒與蘭都覺得沒有什麼大問題，紫羽猶豫了一會，也不再庸人自擾，將自己心中怪異的感受壓了下去。

這時，女僕與侍者們紛紛端著調酒茶水魚貫而入，為會場中添了幾分熱鬧。

場邊有一些守衛的保鑣趁機摸了幾杯酒來喝。這顏色鮮豔的調酒對修煉者而言根本淡如清水，並不妨礙他們的工作，只是無聊之餘打發時間的小酌。

「來一杯？」

阿薩特朝戰天穹遞去一只酒杯，目光卻是緊緊追著正與慕容吟相談甚歡的緋凰，眼裡有著擔憂。他知道家族暗中指示大小姐們的任務，但緋凰難道真的想付諸實行嗎？

戰天穹晃著酒杯，卻沒有飲用。他的目光望著不遠處的君兒，眼神有些灼人。

只有在沒人注意到的時間裡，他才敢這般放肆的注視那抹纖細的身影。

阿薩特注意到有幾位慕容世家的子弟纏上了君兒等人，劍眉一鎖。他微側頭看了看身旁的鬼面保鑣，對他一如往常的淡漠反應感到困惑。

「鬼先生，你都不擔心君兒小姐嗎？」

「……不礙事。」

戰天穹微斂目光，深沉的讓人看不透他此刻所想。

對這樣冷漠的戰天穹，阿薩特卻是苦笑。

「如果真的不礙事，可以饒過你手中的酒杯嗎？那可是非常精緻貴重的，弄壞了就算我們是保鑣也是要賠錢的……」

阿薩特看著那只被戰天穹緊握掌間的玻璃杯，似乎聽見了某種碎裂的聲響，不由得出言提醒。

然而戰天穹卻因為阿薩特的多管閒事有些不悅，明知對方是善意提醒，但他卻對別人這樣的善意感覺抗拒。

並非他不接受別人好意，而是他不習慣旁人的友善……他是不值得別人這樣對待的糟糕存在。

這時阿薩特忽然「咦」了一聲，劍眉緊鎖。

「慕容吟那傢伙……還沒放棄君兒小姐嗎？」

阿薩特這句話讓戰天穹一愣，他冷冽的目光登時掃向會場中的慕容吟。

此時，那位衣裝挺拔的慕容少爺，在和緋凰與其他位大小姐互相舉杯敬酒的時候，目光卻望向君兒幾人滯留的區域。

有那麼一瞬間，阿薩特感覺到身旁男子隱晦的殺意。

曾在新界經歷過不少殺戮與危險的阿薩特，在感覺到殺氣的一瞬寒毛直豎。殺意中蘊含的可怕氣機，讓他差點下意識的退離戰天穹身邊。

儘管靠著強大的意志力壓下了這可能會造成旁人關注的舉止，他還是一臉鐵青蒼白的繃緊了全身，戒備的望著戰天穹。

當阿薩特想開口詢問時，那瞬間浮現的殺氣又瞬間消失了，快得連其他距離他們極近的保鑣同儕都沒有發現。

「……鬼先生，你還好吧？」

「不太對勁。」戰天穹回應道。

阿薩特一愣，「什麼不太對勁？」

戰天穹只是沉默，收回了盯著慕容吟的森冷目光，眼神閃過思慮。

如果說，慕容吟看著君兒的目光還是像以前那樣，充滿了征服欲與因為君兒之前冒犯的憤慨就算了，為何這一次，他看待君兒的眼神像是勢在必得一般？

就彷彿，他早就做好某種準備……

戰天穹蹙眉，淡聲說道：「先靜觀其變。不過，這場鬧劇的結果，可能會出乎所有人的預料……」

因為他的回應，阿薩特因而臉色一僵，卻是憂心忡忡的望向緋凰。

緋凰感到十分挫敗。她試著按照家族的指示去靠近慕容吟，但這男人卻在交談時有些心不在焉，偶爾目光會看往別處，彷彿志不在此。就連身邊群聚的大小姐們，似乎也沒辦法引起他的興趣一樣。

在幾次慕容吟的分神後，緋凰注意到慕容吟的目光若有似無的朝君兒的方向飄去。

難道這男人還沒放棄君兒？緋凰暗自猜想著。

最後，慕容吟有禮生疏的暫別了緋凰和其他大小姐，惹來少女們的埋怨和困惑。

直到他繞出少女的包圍，直朝君兒的所在走去時，所有人都停止了聲音與動作，就想看看慕容吟到底想做什麼。

「該不會是想給那個廢物一個下馬威？」有大小姐臆測道。

緋凰面露思索，選擇觀望。但她的心情卻因為慕容吟逐漸走近君兒等人而浮現隱憂。

遠方巡守宴會場外的阿薩特，見會場中的慕容吟竟然拋下緋凰，直往君兒的方向走去時，頓時有種哭笑不得的感覺。

幾乎不用猜就可以知道這傲慢少爺的內心事。

慕容吟八成是放不下那與常人不同，總愛逆著他的君兒。只是都被拒絕了，還被甩了個丟盡面子的巴掌，這樣他都還不死心嗎？

一旁的戰天穹已是劍眉深鎖，目光沉冷的望著該處，不發一語。

慕容吟端著酒杯，無比優雅的走近君兒三人。

這時，慕容吟對著君兒露出一抹陰森難測的笑意，然後目光最後停駐在紫羽身上。

「紫羽小姐，不曉得我今天可否有那個榮幸，邀請妳跳第一支舞呢？」

慕容吟優雅的朝紫羽彎身行個紳士禮節，讓紫羽手足無措的緋紅一張小臉。

「這這這……」紫羽緊張的看向君兒兩人，眼帶求助。

這一幕簡直就是君兒和慕容吟初次見面時的翻版，只是女主角換了個人。

君兒目光凜冽的瞪向慕容吟。

「君兒小姐，若不是知道妳對我無心，此時妳看著我的目光，可是會讓我誤會妳還對我存有留念哦。」慕容吟調笑出聲，眼神卻無比冰冷。

蘭性感的一撩髮絲，主動的走至慕容吟身前，代替紫羽做出回答。

「慕容少爺，很抱歉。紫羽今天身體不太舒服，可否由我代替她呢？」

慕容吟目光深沉的掃過君兒，然後對著蘭疏離微笑，說道：「但我要找的人不是妳，而是紫羽小姐呢。」

他的這番話，讓兩位少女的目光嚴肅了起來。

「你找紫羽做什麼？有什麼事情不能公開談嗎？」蘭很快就做出回應，望著慕容吟的目光有著審視與戒備。

「我只是想先從最低階的大小姐開始，單獨聊聊談談，這樣我才能更好了解每一位大小姐的品性，做出最好的選擇吧？」

慕容吟含糊回應，然而他嘴邊的笑，卻透露了他另有用心的意圖。

隨後，他望向君兒，神情不經意的帶上一絲猙獰。

「君兒小姐，不知監禁室的感覺如何？」慕容吟冷笑詢問，期許在君兒臉上看到一絲波動。

君兒只是淡漠的瞟了他一眼，直白的說道：「比跟你在一起好多了。」

言下之意，便是表達她寧願被監禁也不願與他共處。

這樣不在乎他的態度，再度激起慕容吟的火氣。

「妳……哼，還聽妳們家族的人說，監禁後的君兒小姐改了不少，沒想到還是一樣！」

慕容吟面色森冷，他轉向蘭，皮笑肉不笑的做出邀請禮節。

「既然這樣，那我只好轉而邀請蘭小姐與我共舞了，請。」

就當慕容吟持著蘭的手前往宴會中心的舞池時，他回首看了君兒一眼，留下了一抹如同勝者般的猖狂笑意。

慕容吟這意義不明的笑容讓君兒心頭一跳，心生不安。

「君兒，蘭不會被選上吧？」紫羽擔憂不已的問著。

「……應該不會。」君兒有些猶豫的回應道。

總覺得，慕容吟今天似乎特別的怪異……他為什麼要特別邀請紫羽跳舞？他先前的解釋根本就是敷衍了事，並不是他心中真正所想的意思。

君兒憂慮的望了望會場中和蘭跳舞的慕容吟，又望向身旁怯弱的緊緊靠著自己的紫羽，不由得冷下了一雙黑眸。

然。

這時，阿薩特耳邊忽然傳來玻璃的碎裂聲。他側頭看往聲音傳來的所在，對所見畫面為之愕然。

戰天穹掌中的酒杯此時已非原先的晶瑩剔透，而是布滿碎裂痕跡。

但因為持者精準的操控著星力維持酒杯內部構造，使之不至於崩壞，所以還能維持原貌。

戰天穹憑著傲人的感知，自然也知道慕容吟和君兒交談的過程。而當慕容吟主動向紫羽邀舞時，他像是忽然了悟了什麼，眼神冷冽。

君兒的弱點並不在自身，而是她重視的一切。

就如她心愛的爺爺、生長的故居以及家族裡唯一的朋友——紫羽。

知道無法動搖君兒自身的意志，便打算以其他方式讓君兒屈服傷心嗎？

戰天穹一向不齒採取下作手段的人，在猜到慕容吟的所想以後，心情變得氣憤。但是想了想，他還是沒有警告君兒，想看看君兒會如何反應。

這一瞬間的情緒幾乎就要激起契約反應，卻被他強硬的壓制住。

當慕容吟拉著蘭在會場中翩然起舞時，優雅輕柔的音樂頓時傾瀉，燈光也暗了下來，只剩一盞燈光照耀在這一對金童玉女身上。

會場中其他慕容家的子弟也開始邀請其他的皇甫大小姐跳舞。

場面在變得熱鬧的同時，亦有不少沒有舞伴的慕容家的子弟前來向君兒兩人邀舞。而就在君兒拒絕了一位前來邀舞的男子以後，回首卻發現紫羽竟已不在她身邊！

在她方才忙著拒絕別人的時候，不懂得拒絕的紫羽硬是被人帶進舞池了。

君兒臉色一白，卻被舞動的人群阻隔在外。

不遠處的紫羽倉皇失措的白了一張小臉，緊張的不停踏錯舞步，讓共舞的男子面露不耐。

君兒不得已，只好加入舞群，試著接近紫羽將她帶離混亂。

而一對對男女們在舞池中優雅的跳著舞時，就在君兒沒能看見的一角，慕容吟靠近了紫羽。

儘管兩人各自有舞伴，慕容吟還是悄聲在紫羽耳畔邊低語了什麼，讓紫羽的小臉變得更加蒼白，甚至還帶上了一絲驚愕，眼看就要哭了。

最後還是因為緋凰主動介入，讓蘭和君兒有機會可以將紫羽帶離舞池。

紫羽小臉煞白，滿臉驚惶，像是受到了極大的驚嚇。

蘭心疼的擁著她，同時面露譴責的瞪著君兒：「君兒妳怎麼沒有顧好紫羽！」

君兒心疼的望著紫羽，對蘭的指責面露愧疚：「我很抱歉，剛好有人糾纏著我，趁我不注意的時候帶走了紫羽。」

「哼！」蘭還是很不能諒解君兒，她擔憂的牽著紫羽微微顫抖的小手，以為紫羽是因為突然被拉進舞池，與陌生人共舞而嚇著了。

「紫羽乖，沒事了。姐姐在這裡，不會讓人欺負妳的。」

紫羽卻在此時拉住君兒，淚光滿盈，滿是愧疚的說：「君兒，對不起——」

她突來的一句道歉讓兩人為之呆滯。

「怎麼回事？！」君兒愕然問道，不解紫羽為何突然這麼說。

「都是因為我……」

紫羽想將她剛剛發生的事情說出，卻因為有人上台致詞，而打斷了她意欲出口的話。

君兒卻是心思敏捷的因為紫羽的話而猜出了什麼，她語帶氣憤的問道：「慕容吟該不會——」

還不等君兒說完，紫羽已先怯弱的點了點頭。

「那個垃圾！」

君兒上前緊緊擁住紫羽，卻是面露愧疚。

「是我該道歉才對，抱歉紫羽……是我的錯才對！」

蘭後知後覺的明白了紫羽為何會這般驚嚇的原因，在震驚之餘，更對慕容吟陰損的念頭而憤慨不已。同時，她對君兒的不諒解也更深了。

蘭一手拍開君兒抱著紫羽的手，目光憤怒埋怨的瞪著她。

看見蘭眼中對自己的憤恨，君兒知道，這一切都是她的錯，若不是紫羽跟她交好，一開始緋凰不會利用紫羽試探她，如今也不會被慕容吟抓到把柄，藉此傷害她們。

最後君兒只能無奈的垂下手，望著受到驚嚇的紫羽，還有怒視著她的蘭，第一次因為自己的無能為力而感覺失措。

她們之間的衝突，並不妨礙會場中舞會的熱絡。

隨著宴會的時間即將結束，宴會廳迎來兩位被護衛包圍守護，彼此間談笑合樂的中年男子。走在最前頭的兩位男子，模樣與慕容吟相仿的是這一次慕容世家同盟的代表人，也就是慕容分家族長慕容翔風；另一位與之攀談的中年男子，則是皇甫世家的分家族長皇甫恆。

而在進入會場後，慕容翔風狀似無意、實則刻意的甩開皇甫恆攀肩的手臂，彷彿自己才是這裡的主人一樣，瀟脫大方的直朝會場中的慕容吟走去。

「兒子，怎麼樣?有看見喜歡的女人嗎?恆族長可是說隨你挑選，可不要留手囉。」

慕容翔風對慕容吟投了一抹唯有彼此才能了然的目光，兩父子哈哈大笑了起來。

一旁被冷落的皇甫恆面色有些尷尬鐵青。

「慕容少爺，不曉得你選中心儀的女子了嗎？」皇甫恆皮笑肉不笑的問著。

慕容吟對皇甫族長揚笑，輕點了頭。

皇甫恆眼睛一亮，有些急促的詢問：「不知是我族哪位大小姐能得少爺青睞？」

「皇甫族長不用擔心，我等會就會宣布我選擇了誰。相信一定能讓我們彼此雙方都滿意的。」

皇甫恆微微一笑。心想無論慕容世家選了誰，那位大小姐都將成為他們皇甫世家埋藏的一枚暗棋。

慕容翔風輕輕點頭，示意慕容吟可以宣布他的選擇了。

反正，最後皇甫世家都會落入他們慕容世家手中，今天選擇誰只是一個形式而已。

「今晚宴會的時間就快結束了，我想，我也大概可以決定我的新娘了！」

慕容吟高聲一喊，會場中的音樂頓時轉小結束。

慕容世家的子弟們因為慕容吟即將宣布決定，依依不捨的告別了舞伴，紛紛回到慕容翔風的身邊。皇甫世家的大小姐們身體都繃得緊緊的，就等著慕容吟說出他的最後選擇。

慕容吟在此時揚起傲慢又自信的笑，朝某個方向走了過去。

在他前行路徑上的大小姐們紛紛吊起了心眼兒，期待又羞澀的等著慕容吟宣布自己會是他選中的新娘。

然而，慕容吟只是接連越過幾位大小姐，直往外圍偏僻處的君兒三人走去時，所有人的臉色都有了變化。

有人震驚、亦有人憤慨。

不少人猜想慕容吟還沒放棄君兒，但接下來慕容吟的行動卻跌破了眾人的眼鏡！

他手邊牽過的女孩，竟然是紫羽！

「這位就是我選定的慕容少夫人。」

慕容吟傲慢的宣示，同時冷酷的望著君兒，臉上滿是惡意，看得君兒回以憤恨的瞪視。

皇甫恆在看到被拉出來的竟是最低評等的紫羽時，臉上的表情變得無比精彩。

料想慕容世家不會選擇最低評等的大小姐，所以家族沒有預先告知紫羽「暗棋」一事。原本君兒也會被通知，卻因為她甩了慕容吟一巴掌，家族判斷她不可能被選中，便也沒有通知。

沒想到慕容吟竟然選擇了這樣一位最低評等的大小姐，這實在太出人意料了。

接著，慕容翔風忽然開口道：「皇甫族長，貴族的大族長有說過，除了這一次挑選合親的大小姐以外，我們還能夠再出價購買大小姐吧？」

慕容族長的問話讓皇甫恆眼睛一亮，誤以為對方也看上了緋凰，他馬上面露市儈微笑。

「是的，除了和親的大小姐是免費的以外，還能夠出價購買其他大小姐。族長有說，如果是選擇最高等級的緋凰，還能夠打個折扣喔。」

皇甫恆主動推銷，聽得會場中的緋凰神情一冷。

慕容吟一把將紫羽拉進懷裡，對君兒露出燦爛又惡意的笑容。

「那麼，我希望可以再買下另一位大小姐……」

慕容吟高聲宣布道：「另一位大小姐，我要買下她作為我的情婦、我的禁臠、我的奴隸！」

此言一出，所有人為之傻愣，紛紛望向被慕容吟注視的對象。

目前這個社會依舊是一夫一妻制，慕容吟這樣的宣布，無疑是要糟蹋君兒！情婦的地位不比正妻，更別提他還有意將這位女子當作奴隸和禁臠……這是一種惡質的貶低！

「——皇甫君兒，我說過，妳會後悔的！」

Chapter 37

吻

緋凰和蘭都氣白了臉蛋，選一個就算了，這傢伙竟然還想左擁右抱？！這簡直是太無恥了！

「下流！」

緋凰難掩臉上的厭惡與憤怒，這才明白了慕容吟真的沒有放棄君兒。卻因為先前君兒的所作所為，讓憤怒的慕容吟想出這樣的報復方式，既可以打擊到君兒，又可以將之收歸己有。

蘭看向臉色鐵青，神情卻是異常平靜的君兒。只是此刻君兒的眼神卻不如她的表情平靜。看著君兒黑眸閃動著憤怒的光火，慕容吟面露快意。

「我會很期待，之後的妳會如何反抗，要知道，妳的『好朋友』可是我的妻子哦。我們會有很長的時間可以慢慢玩這場遊戲……」

慕容吟冷邪一笑，出言威脅的同時亦鬆開了紫羽。

得到自由的紫羽飛快的躲回蘭身後，臉上表情只餘驚恐。

紫羽愧疚的望向君兒，對自己竟成了友人的拖累而倍感自責。

而就在慕容吟宣布出聲時，阿薩特頓時暗叫不好。

身旁鬼面保鑣的氣息變得極其內斂平靜，然後在瞬間失控，連帶也讓星力促亂的無法維持酒杯的狀態。

在一聲細碎的輕響聲後，阿薩特驚恐的看著戰天穹手中的酒杯，剎那化為無形的飛灰。

「你冷靜點！」阿薩特低聲警告，深怕他會動手傷人。

然而阿薩特錯估了戰天穹的忍耐力。

戰天穹只是輕拍去掌間的粉塵，冷淡的對焦躁的阿薩特投以平靜的眼神，就彷彿阿薩特才是那個真正該冷靜的人才對。

良久後，被所有人目光注視著的君兒有了動作。

她冷漠的走上前，直接將手中的酒水往慕容吟臉上一潑！

同時，她丟下一句冷漠又驕傲的話語：「你就算得到了我的人，也征服不了我的心！你，注定只是個輸家而已！」

隨著這樣傲慢的語音方落，君兒便在所有人再度愕然的注視下，不顧宴會還沒結束，瀟灑的轉身離開！

她昂首闊步離去的姿態，就彷彿她才是真正的優勝者一樣。

無言的闡述，她是自己內心永遠且唯一的主宰！

沒有人能夠動搖她的信念與意志。

慕容吟抹去了臉上的水漬，因為君兒這樣的宣示與舉動而臉色陰沉，但這次他卻一反常態的大笑出聲，僅因，他在君兒轉身離開的剎那間，看見了少女平靜無波的臉上，閃過了一絲沒能主宰自

己命運的悲憤神情！

「再怎樣驕傲，不過也只是籠中鳥而已。」慕容吟對著君兒的背影暢笑出聲，第一次覺得自己終於勝過了那位始終無情的女孩。

戰天穹冷冷的看了慕容吟一眼，動作飛快的追上了君兒，盡忠職守的執行保鑣的工作。然而那深邃的赤眸深處，此時正隱約閃動著狂風暴雨般的怒氣。他手負於身後，右手緊緊抓著左手背，壓制著刺痛的契約印記，以及那正隨著心情起伏而逐漸亮起的警告紅光。

眾人此時因為慕容吟這樣張狂的發言，陷入一片吵雜的討論之中。

「嘖嘖，兒子你可真是迷上了那位小辣椒啊。」

慕容翔風重重的拍了拍兒子肩頭，看著遠去的君兒背影冷酷一笑。接著他拉過皇甫恆，兩隻老狐狸開始了互相吹捧，帶上慕容吟去一旁談論嫁娶的事情了。

隨著這一次宴會的主角有了決定，很快的宴會廳裡的大小姐們只能失落的紛紛離開。

＊＊＊

君兒絲毫不在乎她就這樣放肆離開的後果。或者該說，此時的她氣憤到根本沒有思考。

跟在她身後的鬼面保鑣一如往常的沉默。

君兒明白鬼先生天生就寡言，但此時此刻，她從來沒有那麼希望他能開口安慰自己。

因為宴會上慕容吟的惡意宣示，現在的她將真的成為「商品」一樣被賣掉！

這種不能主宰自己人生的感受，讓她委屈得想哭。

「回去休息吧。」戰天穹輕聲說道。

他看著君兒臉上那抹悲憤黯然的神情，握緊雙拳，使勁壓下心底那極欲噬人的怒火，以及想要將她擁進懷中的複雜情緒。

「嗯。」君兒昂首闊步，緊握了幾次拳心壓下眼中淚花。

至少，在人前她還是那個堅強固執的女孩，慕容吟還沒有那個資格讓她落淚！

兩人一前一後的回到房裡，君兒逕自沉默的坐在梳妝檯前，看著鏡中的自己面露恍惚。

她知道露露在接到消息後一定會飛快趕來服侍她，可現在她只想一個人靜一靜……就在此時，精神力已然開啟的她，感覺有種力量掠過自身，這讓她偏頭看向守在書桌旁的男子。

戰天穹一反常態，竟在露露隨時都有可能前來的時間裡展開了精神力場，遮蔽了監視儀器。

兩人彼此相對無語，君兒看見了戰天穹面具後頭的那雙赤色眼眸，正燃著一縷讓人顫慄的憤怒光火。最後，戰天穹伸出左手，上頭的「靈魂誓約」正閃動著隱隱紅光，顫抖的光輝象徵著誓約主人的心情震盪。

君兒一看，馬上便明白戰天穹此刻需要她的控制天賦，便安靜的探手蓋上男人手背，額心圖騰閃現，為他撫平就要暴動的誓約。

這是戰天穹第一次主動要求她為他壓制誓約。

但凡她施展力量壓制誓約後，戰天穹便可以全然忽略以靈魂為誓的契約，大肆宣洩自個情緒。隨著誓約的力量逐漸沉寂，戰天穹原本內斂的氣息瞬間炸開。他沒有言語，卻能讓人感覺到那近乎毀天滅的的怒氣。這是戰天穹是第一次在君兒面前表露情緒。

君兒因為戰天穹的怒氣，竟有種窩心溫暖的感受。她知道鬼先生是為自己而發怒，能被人這樣重視讓她為之心暖。

這表示鬼先生終於又跟自己親近一些了嗎？

君兒淺淺揚笑，笑容裡有著滿足。

「鬼先生是在替我生氣嗎？」

戰天穹難掩怒氣。看見君兒雖然笑著，眼神卻是哀傷，他感覺心疼。

哪怕努力多時，現在的她終究還是皇甫世家的「商品」之一。

但戰天穹明白自己並不是因為單純看著君兒難過而憤怒，卻是慕容吟言稱要將君兒買作情婦的那句話，激起了他的怒氣。

君兒值得更好的對待。他是這樣認為的。

最後戰天穹只能深吸幾口氣，拳心緊了又鬆，試圖藉此壓制失控的情緒。沒想到自己這次會失控的在君兒面前表露情緒，這讓戰天穹有些狼狽挫敗。

君兒像是看穿了他的狼狽何來，溫柔的說著：「沒事的，鬼先生可以盡情的在我面前表達情感。」

她看著戰天穹閃避的眼神，多少也猜到了他在心裡糾結著什麼。

不過就是對她表達了自己憤怒的情緒而已，為什麼這麼不坦率呢？

「就像鬼先生說的，我可以對你傾訴心情一樣，鬼先生也可以對我表露情緒喔。」

君兒站起身，張手環抱住他，無聲的給予包容的擁抱。

戰天穹沒有抗拒，他知道君兒現在需要冷靜和安慰，他也是。

片刻後，君兒平靜的開口，她的眼神閃動著堅強的光輝：「我一定會逃出去。慕容吟不會成為打倒我的那個人。我的心是自由的，不屬於任何人。」

戰天穹欲言又止，在一瞬間閃過了希望自己能成為君兒依靠與港灣的念頭，但在憤怒過後，對

感情的懦弱再度浮現，讓他沒有勇氣將這個念頭付諸行動。

無語擁抱。光只是感覺彼此的體溫心跳，原本的煩躁便悄然平靜。

君兒知道自己似乎越來越依戀這男人的擁抱了，這沉穩的懷抱，就像能為她遮風避雨一樣，讓她可以放心的去外頭闖蕩、歷練，然後在受傷、疲倦之時，能夠回來好好安歇。

「唉，雖然知道婚禮是我們計畫中最重要的逃跑環節，但我沒想到自己也會成為新娘……不，或者該說以情婦的身分出售。」

君兒自我解嘲的開口，讓戰天穹心疼的緊了緊懷抱。

「妳值得更好的。」他輕聲說道。

「嗯！」君兒揚起頭，終於展露微笑。

「鬼先生，雖然我必須先為別人披上白紗，但我還是希望，最後我挽的是你的手。」她慎重堅定的開口，說的話卻讓戰天穹為之嘆息。

雖然聽見心儀的女孩對自己這樣說是一件倍感幸福窩心的事，但他有太多的顧慮了。

於是戰天穹只是輕推開她，淡聲道：「丫頭，等妳長大，見識更多以後，搞不好會覺得現在說過的話很傻很後悔也不一定。」

「為什麼會後悔？爺爺以前告訴過我，要嫁就要嫁給真心對我好的男人啊。鬼先生對我很好很好，所以我要嫁給你！」君兒皺著小鼻子，對戰天穹的說法不以為然。

「我對妳很好嗎？」戰天穹苦笑。

他一直以來對待親族與學生，無論男女都是出了名的嚴苛。而他對待君兒，更是苛刻至極。或許是因為她本身擁有成為強者的潛質，又或者他是在期許君兒終有一日能與自己並肩而戰。戰天穹知道他對君兒的要求太超過了，卻還是不經意在鍛鍊君兒的過程中，將這份期望投射在君兒身上。

是因為她對自己的信賴與接受，讓他忍不住有了期盼嗎？

原以為君兒會搖頭，但出乎戰天穹預料的，君兒卻是慎重的點點頭，答道：「鬼先生真的對我很好！爺爺說，這個世界真正的寵愛不是溺愛，溺愛會讓一個人徹底墮落、從心開始變得脆弱，一遇上事情就徹底崩潰。」

「我知道鬼先生對很多人來說並不善良，但你對我的關愛並不是溺愛。該要求我的，你還是會要求；我做錯事情，你也會公正的責備指正我。你讓我看見了自己的可能性，或許有那麼一天，我也可以站在你身邊，陪你一起戰鬥也不一定。」

君兒小臉羞澀，有些緊張的說：「鬼先生可別笑我哦，我是真的很想跟你一起戰鬥啦，雖然我現在跟你比起來實在是弱到不行，不過請相信我，我是真的有這個心要努力的哦！」

「因為……我喜歡鬼先生，我希望你開心，我也知道你把我當成家人看待，雖然你一直說我不懂、一直說要我長大……或許我真的不懂，但我知道我想要陪在你身邊的心意永遠不變。」回應她的，是男人用力的擁抱。

「……我等妳有一天可以追上我的腳步。」戰天穹淡然一笑，卻不像過去的苦笑，而是一種釋然的笑容。

也因為君兒的這番話讓他感覺開心，他竟還興致高昂的捏了捏君兒鼻頭，讓君兒不滿的發出抱怨。

「就算妳最後後悔的話也沒關係。」戰天穹在心裡說著。

如果事情真的走到那一步，那麼他會願意默默的待在她身旁，將自己的心情深深掩埋，當一個陰影中的守護者，靜靜守護她的笑容。

他不會強求，該他的就是他的；如果不是他的，強制占有只是讓彼此留下深深的傷痕而已。或許有人會認為這樣的他很懦弱，但是比起看見君兒厭惡和痛恨的神情，他寧願她永遠對他微笑。

君兒不懂戰天穹複雜的心情，她只知道自己很喜歡鬼先生，或許一開始是因為想要報恩，但如今，她是真的希望能陪在他左右，成為他心靈支柱的那個人。

哪怕他對自己很嚴肅，但她卻知道這是他隱藏在冷漠底下的溫柔。

不過一想到他總是敷衍此事，君兒便埋怨道：「一提到我要嫁給你的事，鬼先生總是不肯正面回答我。」

「……妳不懂。」戰天穹嘆息，深怕這只是小女孩的玩鬧心態。

那就像年幼的青梅竹馬說長大要嫁給對方，但長大以後就很難說了，時間會逐漸改變心情的保存期限，雖然之後他也不過跟君兒暫時分離兩年，但誰知道在她的經歷中會發生哪些事情？搞不好會遇上別的好男人，搞不好會明白自己對他不過是對長輩的依賴。

「好啦好啦，我是不懂啦！每次你都說我不懂，說要我長大！我已經十六歲了都可以嫁人生小孩了，現在我已經算個成年人了吧？」君兒氣呼呼挺胸叉腰，就想彰顯自己已然發育的好身材。

只是戰天穹卻因為她這樣的舉動而尷尬了。

君兒身上的平口禮服，設計上刻意裸露大片香肩與鎖骨，他由正上方往下看去，少女被禮服緊緊束縛的胸前豐滿弧度直入眼簾……嗯咳咳，他承認這丫頭是長大了沒錯。

見他尷尬的別過頭去，君兒滿意的輕哼了兩聲。

「還說我沒長大，結果是誰先害羞啦？哼哼。」

「咳，總之，等妳十八歲連心理年齡都成熟以後再說吧。」

聽見戰天穹試圖又用拖延戰術敷衍她，君兒便氣惱的粗魯扯下男人的面具，看著某人佯裝冷靜卻微泛暗紅的臉龐，好氣又好笑的抬指戳了戳他的胸膛。

「說我不成熟，大叔你才是最不成熟的那個人吧？」

戰天穹沒有回應，只是莫可奈何的揚唇苦笑。

接著，君兒眼眸一轉，忍不住有些俏臉微白。

「結婚……是不是有接吻宣示這件事呀？」想到這件事，君兒只覺得全身發毛，她怎樣也不願意跟慕容吟親吻！

戰天穹聞言臉色一僵，原本臉上的笑意瞬間凍結。

「真討厭，我不想跟慕容吟親吻……」

然後，君兒堅定的鼓起勇氣說出了自己心中的請求。

「鬼先生你吻我，好不好？」

當君兒說出這句讓自己害臊不已的話之後，感覺世界上只剩下自己因緊張而加快跳動的心跳聲。她是真的希望自己的初吻可以留給自己喜歡的人。

「我把我第一次正式的初吻獻給你哦！啊……之前那次強吻不算。」

她頰畔嫣紅，卻還是倔強勇敢的注視戰天穹深沉的赤眸，等待答案。

時間已經不多了，能跟他相處的時間也不多了，之後，他們就要分道揚鑣，自己要和緋凰她們踏上旅途，而這也是她和鬼先生約定好的。

現在的她還算是待在他的庇護之下，只有離開，她才能真正的獲得成長。

可以的話，她希望能在別離前留下一個紀念，當然，她是私心想要在他身上「蓋印章」啦！

戰天穹已然陷入愕然的情緒之中，心頭鼓譟不已，但儘管如此，他冷靜思緒後再次詢問：「妳確定要我吻妳？」

他的聲音乾啞，不難聽出其中壓抑的情緒。

但好險早先就讓君兒為他抑制了誓約，不然現在「靈魂誓約」絕對會被心裡澎湃的情緒鬧得直接發作。

君兒羞紅臉，卻還是鼓起勇氣點點頭。她也不知道自己今天為什麼會那麼大膽，或許是希望鬼先生不要忘了自己吧？她也擔心兩年以後，這男人就忘了有那麼一個女孩，曾經嚷著說要嫁給他，更不希望戰天穹將她的宣示當成是小女孩的玩笑，她這是用這樣的方式表明自己的決心了！

戰天穹輕輕撫摸她如綢緞般的黑髮，那雙注視著她的眼眸裡頭，再難掩飾如狂風驟雨般湧現的張狂渴望，看得君兒是一陣芳心輕顫，幾乎就要停止呼吸。

「妳真要我吻妳？」他又問了一次。

儘管有些緊張，但君兒還是輕輕頷首，清澈水亮的眼眸未曾移開，反而還帶著淡淡羞意與期

盼。

男人輕輕嘆息。或許他也著魔了，捨不得抗拒這樣曖昧的邀約。不可否認的，他確實也是這般渴望著。

捧起少女的臉龐，他的眼神連自己都不知道究竟有多溫柔，卻是看得君兒心肝怦怦直跳。

當吻落下，這一刻的時間彷彿暫停了，彼此在心裡留下印記。

墮落，然後沉淪。

當呼吸交會，溫熱糾纏，兩人同時迷失，淪陷。

Chapter 38

別離

門外傳來熟悉的腳步聲讓戰天穹一凜，中斷了這個讓人迷醉的吻。

「露露來了。」

戰天穹有些遺憾的說著，同時將一臉迷糊的君兒按回座位上。他戴回面具，掩蓋住自己因為方才那記親吻而無法保持平靜的臉。

君兒緋紅了一張小臉，奈何方才的親吻實在太令人印象深刻，讓她的思緒全都牽掛在那曖昧又甜蜜的感覺上，怎樣也壓不下臉上的紅潮。

聽到宴會上發生的事情，露露趕了回來，懊惱君兒的死性不改。卻在使用磁卡開啟房門時，意外發現那未曾失靈過的磁卡鎖竟然失效了。

「咦？系統怎麼失靈了？」露露困惑說著。

戰天穹輕咳了聲，用精神力悄聲對君兒低語：（丫頭，收斂情緒……妳臉很紅。）

君兒害臊的看了戰天穹一眼。

想起方才的經過，她竟有些不敢與他交會眼神。

君兒最後低著頭，扭扭捏捏的說：「我、我去一下廁所……」

說完，人就在戰天穹有些火熱的注視下逃開了。

戰天穹彈指間解除了精神力場。

當干擾房門系統的精神力一消失，露露也順利打開了房門。

「奇怪，今天的系統怎麼怪怪的……咦，君兒小姐呢？」露露看著房裡此時守在書桌旁的鬼面保鑣，卻不見君兒身影，不由得問道。

戰天穹指了指浴室，沒有答話。

他透過精神通道隱約感覺到君兒此時的情緒。那種羞澀又柔軟的情緒，難得一向矜持堅強的君兒也會有這樣小女人的一面。

戰天穹不禁感覺有趣，揚起一抹笑。而想起方才那個吻，他頓時又有了幾番醉意。

露露很快就追進浴室，不久後便傳來驚呼聲。

「哇，君兒小姐您臉怎麼那麼紅？！」

「我這是氣的！」

君兒費力的壓抑自己的吼聲，語氣也沒了羞澀，而是真實不過的嫌惡。

「唉唷君兒小姐，您怎麼老毛病又犯了——不過雖然是情婦，但也是慕容世家的一分子，而且正妻是紫羽小姐，這樣您還有機會打敗她坐上正妻的位置呢。」

「我才不稀罕慕容吟的情婦身分！」

看樣子在剛剛戰天穹為她爭取來的短暫時間裡，君兒就已然冷靜下來了。

戰天穹鬆了口氣，開始平復自己的心情。

那天晚上他們一如往常的進行每晚的修煉，沒有提及早先時候的吻。

只是，君兒望向戰天穹的眼神多了一分羞怯；而戰天穹則是眼帶笑意，偶爾眼神會變得灼人深沉。

彼此間的氣氛多了那麼一絲曖昧。

＊＊＊

幾天後，皇甫與慕容兩家終於敲定婚禮內容，甚至還破例同意慕容吟同時迎娶兩位新娘——當然，一位是正妻、一位是情婦。

這個消息馬上就震撼了整個原界，當然，更多人討論的是慕容世家這般膽大妄為的行為。

當消息傳回新界之後，兩大家族的族長各自卻是表露截然不同的應對態度。

新界皇甫世家像是默認了慕容世家這樣的行徑，同時不忘推銷其他大小姐；而新界慕容世家則是大肆宣揚兩族的聯姻同盟，就怕有人會不知道一樣。

兩大世家的聯姻，象徵的不僅僅是實力疊加而已。

當然，這樣的聯姻能為兩家帶來多少優勢，就不得而知了。

而準備婚禮的過程是痛苦的，看著專業的婚禮企劃人員規劃著禮堂的布置，從擺設、地毯、座位、花飾……洋洋灑灑的一大堆瑣碎細節，明明可以很簡單的事情卻偏偏要弄得奢侈華麗，鬧得君兒頭都暈了。

而隨著忙碌的日子飛快的過去，距離婚禮舉行的日期越來越近了，一切都井然有序、緊鑼密鼓的根據規劃做準備。

那決定命運的日子就要來臨，君兒四人都緊繃神經，連一向冷靜淡定的君兒也忍不住有些緊繃，因為一旦失敗，那後果可說是萬劫不復！

這天，四位少女聚集在一塊，為了即將施行的計畫而展開一場小小的慶祝派對。

「祝我們能夠順利逃離！」

緋凰高興的舉杯致敬，可惜不能在這裡放肆喝酒，這讓她有些感嘆。

「終於，連定位耳環的事情都解決了，接下來只要按造計畫行事就好。君兒多虧妳了，敬妳一杯。」蘭也喜悅的和君兒碰了碰杯。

就在這段混亂的時間裡，君兒持續不懈的研究在有了精神力的配合下更是如魚得水，找出了透過自己控制天賦與精神力一起安全破解定位監控符文耳環的方法。

現在她們已經可以直接把定位耳環扯落，而不用擔心這樣強力破解會導致符文耳環爆炸了。

「只要離開這裡就海闊天空了，希望前往新界的旅程一切順利。」君兒淡然的笑著。

或許對緋凰她們來說，逃離這裡就是一個結束了，但君兒看得比較遠，只有真正逃到新界，她們四人徹底改頭換面，才可以說是真正的重新開始。

紫羽也在一旁羞澀的笑著，神情喜悅。

阿薩特遠遠看著四位少女歡快交談的模樣，看向緋凰的眼神甚是欣慰溫柔。

他感嘆道：「緋凰等了十二年的夢想，終於要實現了。我看著緋凰一路艱辛的走來，若是她沒遇見其他女孩……離開就只是在夢裡奢求的事物而已。」

戰天穹稍稍微揚眉角，或許是因為心情愉悅，他難得主動詢問起阿薩特的未來規劃：「離開之後有什麼打算？」

阿薩特沉默了一會，他的眼神有些痛苦。

接著，他苦澀一笑，對著戰天穹道出他長久隱瞞的真相：「鬼先生，你應該從君兒小姐那知道了緋凰是我異母妹妹的事情。但你可能不知道，我對她卻不是單純的親情，而是屬於男女之間的感情。這樣的情感是不被允許的，所以我只能默默守著她。在確認她一切平安之後，我就要離開了……可能會去參戰，或者是去新界遊歷，直到我能忘懷了這樣的心情為止。」

戰天穹不再答話，只是眼神稍微放緩和了些。

就實力而言，他是沒把阿薩特放在眼裡；但以男人的角度，他卻很佩服阿薩特竟然能為了妹妹，一頭栽進這個無趣又絕望的世界十來年。

而聽他這樣解釋，戰天穹這也才了然為何阿薩特對緋凰的關注有些異常的原因。

愛上卻又注定沒有結果，這不由得讓他心有戚戚焉。

如果最後君兒愛上了別人，他一定會跟阿薩特一樣，只能默默祝福吧。

少女們談論著往後的去向，四個人對未來各有安排。

緋凰打算用偽裝的身分前去新界的一所高級學院就學，裡頭有阿薩特的一位友人可以照顧她；蘭和紫羽因為沒有地方好去，便決定要跟緋凰同一路。而至於身分資料的部分，紫羽已經暗中修改了皇甫世家系統中的紀錄，並為她們重新申請了各自的身分資料。

唯獨君兒沒打算跟緋凰等人同行，她計畫好在抵達新界以後，要成為一名自由傭兵，在世界各地遊歷、鍛鍊自己。

此言一出，其他三位少女不由得有些愕然。

緋凰面露驚訝，有些譴責的問道：「妳不跟鬼先生一起嗎？他身為妳的未婚夫，總該好好保護妳吧？為何還要讓妳出外遊歷？那很危險呢！」

君兒臉上唯有堅定。

「因為我渴望力量，也只有去外界走走看看，才能讓自己更加進步成長。」

「怎麼這樣……妳跟我們一起去新界學院讀書也可以成長啊。為什麼一定要去遊歷？還自己一個人！」緋凰不能認同的勸說道。

君兒聽出緋凰有埋怨戰天穹冷酷的意思，開口為他辯白解釋：「鬼先生雖然是我的未婚夫，但要成為他的妻子也要有一定的本事。他保護得了我一時，卻保不了一世！我不想當個只能被男人保護的拖油瓶，所以我要變強！對現在的自己縱容，就是對未來的自己殘忍。強還要更強，我要成為人類第六位守護神，強到沒有人能主宰我的命運！」

君兒說出自己的遠望，一時間，竟讓其他人都說不出話來。

或許這個願望太過猖狂，但不知為何，看著君兒從過去一直堅持到現在，緋凰等人竟有種感覺——君兒或許辦得到也不一定。

「哦？那未來的守護神，我們以後的人生就靠妳庇護囉！」

知道君兒一旦決定就會堅持到底，緋凰對此只能莫可奈何的笑了一笑，不由得期待起君兒最後會達到哪種境界，就算不能成為守護神，相信以她這樣堅強的信念，一定也能成為一名強者。

女性要成為強者非常的困難，可一旦成功，那便真的是絕無僅有的強悍了。

「沒問題。」君兒揚笑回應，這是她全新的目標。

那驕傲自信的神采、堅定不移的信念，在君兒身上交織成一種堅強又美麗的氣質，讓人難以移開目光。

遠遠聽著君兒充滿自信的發言，阿薩特有些感嘆的說道：「有這樣的意志力，君兒只要堅持下去，搞不好真有可能成為守護神也不一定。」

聽到君兒被讚美，戰天穹似乎頗為受用，溫柔的目光越過空間，駐留在那抹纖細的人影上。

現在他總會忍不住想起不久前的那個吻。

自從放肆自己吻她以後，心中便莫名甦醒了更加猖狂的情感，那魔性的情緒融合了過往的愛憐，讓他的慾望開始變得瘋狂。

渴望完全的占有、絕對的掠奪——這樣如同走火入魔般的情緒讓他有些不安，彷彿心魔就要甦醒。

雖然他很想陪著君兒一同遊歷新界，但此時心裡這樣浮躁邪性的感受，卻由不得他如此。

但他會隱藏在君兒身旁，直到確認她平安抵達新界以後，才會悄悄離去。

＊＊＊

婚禮將至，兩位大小姐將以正常流程在同一日嫁出去。

只是自從慕容吟當眾宣示選定君兒和紫羽之後，原先與君兒針鋒相對的大小姐們，此時卻將矛頭一致指向紫羽。鬧得蘭和君兒這段時間為了保護紫羽不受奚落羞辱，因而費了不少心思。

兩大世家的婚禮是一件非常慎重的盛事，不過新界的本家似乎對原界的分家不太重視。據紫羽查到的消息，新界皇甫本家似乎有意將原界的產業全部轉交給慕容世家管理的意思。說白了，就是將一部分權利拱手讓出。在這場充滿市儈氣息的同盟聯姻之中，慕容世家可說是占了極大優勢。

緋凰和君兒卻因為這樣的消息，不約而同的心生嘲弄。

表面上慕容世家占了優勢，但深知內情的人知道，那些被轉交的產業全都是虧損的產業，可慕容世家卻什麼也沒說的大方收下，這就不得不讓人猜想，這其中是否有其他內幕了。

現在君兒和紫羽每天都非常忙碌，其中包含了丈量禮服以及一些瑣碎的細節要交代，甚至每天都還要排演一次婚禮流程，連行走的步伐、角度、落點都有所要求，一絲一毫都要斤斤計較，快把人搞到精神異常了。

為了兩家的聯姻，慕容世家邀請了許多大家族前來觀禮。

各方組織也是蠢蠢欲動。許多人暗中猜測，這兩大家族聯姻以後，原本新界三方鼎立的僵局可能會有所變化。不少人是抱著觀察心理而來的，畢竟在這種家族紛爭中，選錯邊站可是會倒大楣的。

無數的強者雲集，原界熱鬧了起來。只是這其中究竟有多少是真心恭賀的，那就值得思量了。

當所有人的目光聚焦在皇甫世家時，各懷鬼胎的家族或組織，便暗中開始行動起來……

＊＊＊

婚禮的前一天，新嫁娘必須被完全隔離，露露依依不捨的像個老媽子一樣，跟君兒交代結婚以後要注意的事情。

露露說著說著，忍不住淚流滿面。

相處了兩年時間，雖然她是懷有目的而接近君兒，但這段時間的相處還是難免有了些感情，分

開時總會讓人難過。

「君兒小姐，您要保重喔，露露會祝福您的。」

最後，在露露告別以後，房裡便只剩下君兒與鬼面保鑣了。

（君兒，我只要求妳靠自己的力量走出皇甫世家，妳盡可能的去做到妳所可以做的一切吧……另外，有件事，我想差不多是時候告訴妳了。）

戰天穹透過精神通道平靜的說道：（妳爺爺的傷勢，是慕容世家的人機緣巧合重創所留下的；而至於妳故居的火災，是皇甫世家縱火所致。）

（是慕容世家幹的？！）君兒為之愕然，旋即面露憤恨。

（妳只要記得，若想要在這個世界生存，就不要對任何對妳存有敵意的人心軟。）見君兒還是有些迷茫，戰天穹最後說了一句話鼓勵她：（君兒，妳要勇往直前的粉碎阻擋在妳眼前的阻礙！將那些化作妳成長的動力。只有走過這條路，妳才能變得更堅強！）

聞言，君兒眼中閃耀起比恆星還要燦爛的光輝，絢爛而耀眼。

常言道，影響人人生的，往往是旁人一句不經意間的話語。一句話，可以毀滅一個人的後半輩子；一句話，也可以改變一個人的未來！

（鬼先生，我懂了，我會做給你看的！）

君兒嶄露笑顏，眼裡有著堅毅。

兩人相視而笑，君兒輕輕上前抱了抱戰天穹，眼裡滿是留念與不捨。

他們相約了兩年之後再見面，只是一想到要分開，她就覺得心有酸澀，萬般不捨。

（鬼先生不會忘了我們的約定吧？）

君兒難受的看著戰天穹，深怕他會忘記他們曾經的約定。

戰天穹替她順了順髮絲，淡淡回應道：（我會記得。）但希望妳不會忘記。

最後，他禮貌性的彎身輕抱了抱君兒，換回了原本的說話方式，低聲告別。

「我走了。」

隨著話語落下，戰天穹鬆手直接跨步離去，沒有絲毫的猶豫，亦無回首，堅實寬厚的身影就這樣消失在金屬門後頭。

也就在戰天穹轉身背對君兒的瞬間，她眼角才滾落了一滴晶瑩的淚。

從今天開始，就是自己一個人的戰爭了。

君兒雙拳緊握，飛快的抹去眼淚。

這是她選擇的路，那麼儘管再危險、再痛苦，她都要堅強的越過！

Chapter 39

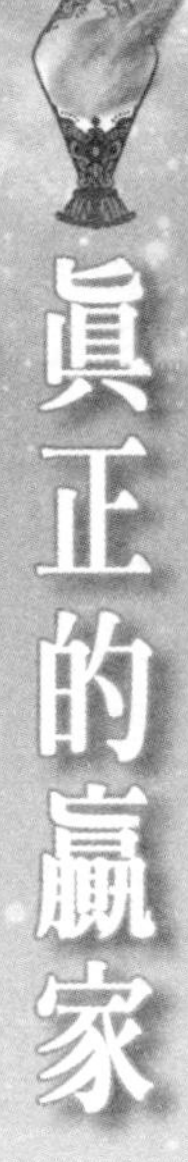

眞正的贏家

圓拱型的廣大廳堂內部左右綴滿粉色氣息的浪漫薄紗。薄紗隨著微風輕揚，與外頭耗費巨額布置的花海互相輝映著，色彩繽紛更顯婚禮的喜慶歡樂氣息。

寬敞的戶外空間提供無數的賓客互相交流，俏麗女僕與英俊侍者不斷來回供應茶水飲料，廚師們則忙碌的製作精緻美味的料理。無數身姿挺拔的護衛守衛著整個區域，天空防護符文徐徐旋動，閃著金光，在典雅華美的婚禮上多添加了一絲神秘和詭麗。

應邀前來參與這場婚宴的都是多數與兩大世家交好的家族，卻又有不少另懷謀略的人身處其中。

慕容翔風正站在禮台旁與皇甫恆兩人笑談風雲，雙方各自被彼此帶來的護衛包圍保護，兩人臉上掛著虛偽的笑容，試圖從對方身上探聽出一些彼此家族的內部情況。

「今天的婚禮希望不會有人來鬧場。」慕容翔風看著場外不少賓客，眉心輕攏的說道。

「呵呵，慕容族長你放心。就算有人鬧場，我們那兩位大小姐還是會平平安安的送進貴家族裡的。戰族和沃爾特家族也沒有任何動靜，只要他們不參與，其餘狀況都只是小事而已。」

除慕容世家以外的兩大強族一向都對皇甫世家的聯姻不感興趣，甚至是絲毫不擔心皇甫與慕容的聯姻會為他們帶來什麼妨礙。

兩大家族依舊像過去那樣選擇觀望，讓這一次的婚禮省去一些麻煩。

皇甫恆冷冷一笑。不過預防萬一，為了今天的這場聯姻，他們兩大家族各自派了幾名好手前來協助婚宴舉行，相信就算遭遇麻煩，婚宴一定還是能夠順利舉行的。

皇甫恆挺起胸膛，傲慢一笑，這才用平緩的聲音說出他的倚仗：「我們皇甫世家至少也請來了三位星海級的強者助陣，相信得知這份消息的惡徒也不敢太過放肆。」

「哦，三位星海級強者？」聞言，慕容翔風眉頭輕挑，對此事略感訝異。

看樣子，皇甫世家私底下隱藏了不少暗棋呀。不過，深知內情的慕容翔風卻知曉這只是皇甫世家最後能拿出的底蘊了。

「三位就足以解決大部分的問題了，可惜我們家族更多的力量都用來牽制戰族，不然可以派遣更多強者來幫忙。」

皇甫恆狀似感慨的說道，卻是讓慕容翔風冷笑連連，他們對這一次的聯姻私下的含意，彼此可說是心知肚明。只是一場利益交換，不代表雙方就真的是同一戰線，能夠交付生死的夥伴。

在婚禮將要拉開序幕前，阿薩特和戰天穹兩人一組的保鑣巡守組合，正巧巡邏到廣場四周。

戰天穹老遠便捕捉到一些隱藏在人群中的鋒利氣息，語氣淡漠的低聲說著：「看樣子，今天的婚宴怕是不平靜了。」

「怎麼說？」阿薩特眉頭輕攏，雖然早有預料，卻是難掩緊張。

他可不希望緋凰的逃離計畫發生什麼變故。

戰天穹仔細感覺了一番。憑著強大的感知能力，他查探到了不少消息。

沉默了一會後，戰天穹給出了答案：「七位星海級強者，銀河級以下有十幾位。」

在感覺到某道氣息以後，戰天穹眉心一皺。

熟悉的氣息……有他的熟人混在裡面。那傢伙來這裡做什麼？

戰天穹心有不解，卻暫時還不打算跟對方有所接觸。那傢伙在的地方，準沒好事發生。

戰天穹大膽的感應眾人，卻獨獨只有一位混在人群中，穿著侍者裝扮，有著一張娃娃臉的男子察覺到。

男子因此猛地立直了背脊，和氣討喜的臉龐閃過一絲震驚。

在場連戰天穹所說的星海級強者都沒注意到他這樣的查探，可以見得戰天穹的實力比起星海級更高上了幾分。

聽戰天穹轉述的消息，阿薩特錯愕的瞪大了眼，臉上血色盡失。

有那麼一瞬間，阿薩特只覺得心涼到谷底。

「沒事，這些人似乎各有目的，並不妨礙計畫進行。」戰天穹平靜解釋，情緒沒有因為這個消息而有絲毫的變化，如同堅毅的山嶽一樣，不為狂風暴雨所動。

「而且，越亂越好。」他低語道，語氣不經意的帶上一絲罕有的殘酷。

「噹——」

時辰到的鐘聲準時響起，所有人都仰頭看向禮堂建物上，那只搖晃的銅鐘。

「走吧。」

掃了大鐘一眼，戰天穹赤眸閃過一絲噬血，跨步離去。

他們也有他們的任務，唯一讓他感到可惜的，是沒能見君兒穿著婚紗的模樣……算了，不看也罷。怕看了，他會當場失控暴怒的毀掉君兒辛苦安排的逃跑計畫。

隨著鐘聲響起，井然有序的護衛排成隊列，在通往禮堂的道路旁站立，將大道淨空。所有在人群中遊走的女僕與侍者紛紛退了開來，讓賓客能夠靠到大道旁，一覽新人風采。當眾人群聚大道旁，沒人注意到，有那麼一位容貌秀氣的男性侍者就這樣消失在人群之中。

娃娃臉侍者望著不遠處離開的巡守保鑣，對著其中一名赤髮男人的背影面露訝異。

他發出驚呼聲：「哦？那頭惡鬼竟然在這！」

娃娃臉侍者翡翠色的眼瞳閃著思索的幽光。

「戰族的惡鬼既然在這裡……那戰族不出面也是理所當然的事情了。」娃娃臉侍者以自己能聽見的聲音小聲低喃著。

「自從他說要來原界找『星星之眼』也有十幾年了，不曉得他找到了沒？久久未見，他竟然穿著皇甫世家的保鑣服裝？嗯，有戲……」

在他以臨時外聘的侍者身分混入皇甫世家時，便也打探了一些關於皇甫世家的消息。他看著戰天穹身上穿著與尋常護衛不同的裝束，那是唯獨守護在大小姐身旁的貼身保鑣才會穿著的制式服裝，讓他在愕然之餘，因此面露深思。

隨後，娃娃臉侍者嘴角揚起笑容，只是那原先陽光開朗的笑，卻不經意的透露出一抹與容貌極端不合的邪氣笑意。

就當娃娃臉侍者打算一探究竟的時候，不遠處傳來了一陣喧鬧聲，拉回了他的注意力。

「新郎到——！」

今天的主角終於出場了！

慕容吟一身純白色的燕尾西裝，在人群擁護之下從大道的末端走來，邊揮手向四周的人群致意，笑容可掬、風度翩翩，就是臉上那一抹陰晦讓他看起來多了分邪肆。

護衛人牆傳來濃烈的肅殺氣息，為的就是避免有人趁亂攻擊今天的主角，尤其今天可是兩家聯姻的重大日子，可容不得有一絲差錯。

慕容吟此時正想著一向不屈的君兒即將成為自己的階下囚，忍不住笑得愉悅，眼神卻是殘忍。

紫羽只是用來威脅君兒的工具罷了——聽說這兩位大小姐感情甚好，君兒甚至還為了紫羽而跟女王緋凰起了衝突。

就不知道君兒看見紫羽在她面前被侮辱的時候，會是怎麼樣一個精采的表情？慕容吟惡毒的想著。

當他踏進禮堂，立於司儀的前方，婚禮的樂聲終於響起。在禮堂內的賓客們也紛紛各自落坐，目光不約而同看向延伸到大廳外的紅毯末端，等候新娘的身影出現。

其餘觀禮的大小姐們也一一在禮堂中獨立隔開的專屬座位區落坐，眼裡也滿是好奇。

緋凰儘管一臉傲慢，心裡卻緊繃的快要說不出話；蘭更是緊張得不得了，等待著計畫開始的那一刻……

最後在一群花童的引領下，兩位新娘終於出現了。

一黑一白的身影並肩而行，在女僕與花童的環繞下徐徐走來。她們踏過灑滿花瓣的紅毯，手捧著白粉玫瑰妝點的捧花，任由捧花長長的粉色緞帶在清風中飛揚。

君兒穿著一襲黑綢緞的仿旗袍上身婚紗，在胸口處開了一個性感的菱形，露出一片雪白的胸口與性感的胸線。婚紗緊身的設計貼合著君兒的腰身，延伸至膝蓋的部位開衩，露出她修長的小腿，七吋高跟鞋更突顯了長腿的美麗弧線。

婚紗的下半身是魚尾裙式，蓬鬆的大片蕾絲帶來一絲夢幻感，整體樣式大方優雅。及臀的黑色頭紗也難掩她清麗的容貌。

紫羽也穿著同款式的珍珠白婚紗，只有裙襬的樣式改成俏麗清純的蛋糕裙折。只見她一雙淡紫色的眼眸，正楚楚可憐又萬分緊張的看著大道旁圍觀的眾人。

對此，有人驚豔、有人感覺可惜。

但所有人都明白，這兩位大小姐不過只是兩族同盟聯姻的犧牲品而已。

「君兒，我怕……」紫羽緊張的看著圍觀的賓客，擔憂的瑟瑟顫抖。

雖然做好了心理準備，但當真正開始時，她還是有些猶豫恐懼。

「別怕，一切都會沒事的。」君兒輕聲安慰。

雖然她也很緊張，不過這時候更要冷靜，這樣才能安撫其他人。

她堅定的跨步向前，她要驕傲的走出去，因為這裡，便是她啟程的第一站！

慕容吟遠遠看到從紅毯另一側走來的兩位新娘，一黑一白。

他刻意要求君兒穿上黑色的禮服，只是單純的喜歡她的黑髮黑眼搭上一襲黑紗看起來十分神秘。而此刻在看到成果以後，他非常的滿意。

坐在家屬席上的慕容翔風更是對自己兒子的目光讚嘆不已，雖然只是要隨意利用一、兩位大小姐作戲，藉此轉移皇甫世家的注意力。但他兒子挑選女人的目光倒也不錯，這一清冷、一單純的女孩，將婚禮中所有人的目光全都牢牢吸引住了。

慕容翔風摸了摸下顎深思著，眼裡有著殘酷，皇甫世家急著找尋盟友，卻不知引狼入室了。就是不曉得家族準備的計畫進行的如何了？

他們私下計畫趁機攻擊新界皇甫世家的行動，利用盛大的婚宴，在皇甫世家幾乎將可動用的戰力調來原界防守時，藉機趁虛而入，直攻皇甫世家的新界大本營，只為一舉拿下已然衰敗的皇甫世家！雖然皇甫世家已是虧空的狀態，但那些擁有「繼承」天賦的大小姐們，卻是讓人難以忽視的龐大資產。

慕容世家之所以會與皇甫世家交好，多少也是覬覦這些擁有罕見天賦的「商品」們。

兩位新娘一步步走近慕容吟，最後兩人的步伐錯開，君兒神情不馴的從容站定於紫羽左側微偏置後方的位置，而紫羽則是直接停在慕容吟前方。

當兩人一站定位置，這地位差異就瞬間彰顯了出來。

紫羽因為是正妻，必須與丈夫並立；君兒雖然也是新娘之一，卻是慕容吟的情婦，地位可是比妻妾更低，自然不能與紫羽平行而立。

君兒黑色頭紗後頭的烏黑眼眸，絲毫不掩自己抗拒的情緒。

慕容吟露出一抹妖異又陰森的笑意，他在司儀宣布婚禮開始之前，不但不理會站於身前的紫羽，反而還直接將君兒拉來身前。

這一來一往間，所有人登時明白，這位黑紗新娘怕才是慕容吟的真正目標。

「妳不過只是個輸家而已。」慕容吟低語著嘲諷的話語，就想在婚禮上瞧瞧君兒失控的神情，但他卻失望了。

君兒斂起情緒，將所有的情緒都隱藏在冰冷的精緻面容下。

她微微垂首，回了讓慕容吟臉色鐵青的一句話。

「其實，你打從一開始就沒贏過。」

Chapter 40

婚禮驚變

由於新郎牽的並不是正妻的手，顯然讓司儀有些尷尬、不知如何是好，最後見慕容吟堅持這件事，他也只好宣布婚禮正式開始。

「歡迎各位參加這一次慕容世家與皇甫世家的婚禮——」

紫羽緊張兮兮的低垂頭顱，眼神不斷往君兒那兒飄去，有些擔憂緊張；君兒則是一臉冷淡，彷彿要結婚的人不是她。

那原本應該是象徵幸福的結婚誓約，卻因為持手之人是慕容吟，讓君兒只覺得一陣疲倦哀傷。可以的話，她多希望像自己無數次夢想的一樣，牽著她的那個人是鬼先生呀……

女人一輩子，除了會憧憬為心愛的男子穿上婚紗以外，便是等候愛人許諾一生一世的誓言。然後，她將滿心喜悅幸福的說出那一句「我願意」。

可為什麼這個世界總要破壞她的美好憧憬呢？從以前與爺爺共享天倫之樂，到如今的婚禮，往往事實都與夢想有極大的出入。而且，都讓她心懷傷痛。

自己的手被陌生的掌心緊緊抓握著，這讓君兒心裡發澀。

她心裡滿是戰天穹的身影，還有他熟悉又厚實溫暖的掌心。

想著鬼先生那雙總會在不經意間洋溢柔情的赤眸，君兒心中便是一酸。

只是想到他在別離前留下的鼓勵語詞，原本的痛苦與悲傷瞬間轉為堅定。這不過只是惡夢一場而已，她只要打碎了這場惡夢，就能擁抱自由，再度從別人手上奪回自己的命運主宰權！

但儘管如此，君兒那張妝容秀美的臉龐上，還是不受控制的滑下一行清淚。

那淚是如此的悲傷，是對身邊人不是自己所選之人的怨嘆。

一直關注她的紫羽，眼眶也跟著紅了。

慕容吟在看見君兒的淚以後，心裡升起滿滿的快意。哪怕她再倔強，在命運之前還是不得不低頭。誰叫她只是個只能任由家族擺布的「商品」，這注定就是她的悲哀！

司儀說完了漫長的誓詞，終於來到了最重要的一句話。

「新郎慕容吟，願意發誓今生今世會永遠保護皇甫君兒以及皇甫紫羽，珍惜她們、疼愛她們、照顧她們，並願與她們相知相守、白頭偕老直到永遠嗎？」

「我當然願意！」慕容吟帶著傲慢的神情審視著身穿黑紗的君兒，眼裡閃動著勝利者的光輝。

「新娘皇甫君兒、皇甫紫羽，願意發誓今生今世會永遠陪伴慕容吟，彼此共同為他分擔苦樂、共享酸甜，並願與他相知相惜、永浴愛河直到永遠嗎？」

君兒頓了頓，臉上露出掙扎猶豫的神情，緊咬著下唇，將唇都咬得泛白了，最後，她才低聲說出她的答案：「……願意。」

紫羽在君兒說出願意之後，也才支支吾吾的細聲說出了一句「願意」。

但她們都明白，這個「願意」將永遠停在今天！

儘管方才新娘的冷淡和停滯讓婚禮有些緊繃，但最後還是說出了眾人期待的答案。

司儀這才鬆了口氣的開懷大笑，大手一揮，高喊道：「那麼，就請新郎新娘互戴婚戒——」

一位穿著純白色洋裝的女僕手捧著一只用白紗妝點而成的托盤走上台，托盤裡只有兩枚戒指……以及一條上頭綁著鈴鐺與蝴蝶結，似乎是寵物用的雪白色項圈！

君兒眼神一凜，心中怒氣無可抑制的湧了上來。

這男人竟打算用這東西作為結婚的交換約定物？！

她可不會認為那對戒指其中一枚是會戴到她手上的。

那麼，顯然要戴在她身上的就是那條項圈了。

慕容吟可真是無所不用其極的要羞辱她！這讓君兒心裡更是憤慨了。

紫羽倒抽口氣，看著那條狀似精緻實則象徵著貶低意味的項圈，已經不知道該說什麼才好了。

「妳不適合戒指，比較適合寵物的項圈。」慕容吟冷笑道，抬手拿起那條白色項圈，就想替君兒戴上。

君兒只是冷哼，回道：「要幫我戴上項圈，也得我心甘情願才行。」

她揚手就想打落慕容吟持項圈的那隻手，就在此時，一股深寒的殺氣瞬間籠罩了禮堂全場！

一道迅疾如雷光的人影飛衝而至，手持長劍直奔台上！

「有刺客！」司儀拔高音階，驚慌失措的尖叫著，卻是動作飛快的一溜煙逃向主持台後方躲了起來。

君兒卻是無比冷靜，這早就在她的計畫之中！

然而，以為自己是暗殺目標的慕容吟一聲冷笑，卻是動作飛快的拽住君兒，將她猛地拉至身前，讓她擋在刺客攻擊自己的路徑上！

也就因為慕容吟這一個動作，徹底讓君兒對他起了殺心——竟然想拿她作擋箭牌？！這男人實在是太卑劣了！

就在所有人都以為那嬌豔新娘就要殞落當場時，那驚雷一擊卻在即將貫穿君兒背心時驀然拐彎，改朝著台下驚呆了的慕容翔風攻了去！

這竟是一記虛晃注意的變招！

「拿命來！」刺客冷喝了聲。

與此同時，埋伏在賓客、護衛及女僕侍者之間的暗殺者紛紛顯露身形，開始了一場血腥盛宴。

刺客突現，讓許多女性賓客尖聲大叫，開始四處逃竄。原本喜氣洋洋的婚禮會場頓時陷入一片混亂。

君兒心跳得飛快，她知道，自己的計畫已經開始了第一步——這些殺手裡頭十位有五位，是她讓紫羽暗中挪用皇甫世家核心成員的資產聘請來的。

之後要是慕容世家查起來，最多也只會查到是皇甫世家暗中做的手段，藉此分化兩個家族的同盟。讓這兩個貌合神離的家族更加支離崩解，沒時間來查緝她們這些逃走的大小姐。

原先籠罩整個禮堂的殺氣猛地鎖定了台下的慕容翔風，轉換之大，讓原先要衝上前保護新郎的護衛動作有了片刻呆滯。

就在這麼一個停頓的瞬間，另一些接到要謀殺慕容世家重要人士的刺客也紛紛出手，場間頓時刀光劍芒交錯！

「混帳！」就在其中一抹銀芒要斬落慕容翔風的頭顱時，一位護衛飛快的回神旋身，朝來犯者怒喝了聲，竟以比那銀芒還快的速度拔出了腰後長刀，伴隨著一聲武器交鋒的嗡鳴聲，瞬間跟刺客交戰起來。

「少爺快走！」

一些慕容世家的人見場下已經打了起來，一陣陣銀光飛掠、時不時有賓客因為閃避不及而鮮紅四濺。情況危急，一名護衛便趕緊拉住慕容吟，帶著他穿過禮堂後頭的暗門，君兒緊緊牽著紫羽的手，就怕兩人因此失散。

她們也被護衛趕入暗門離開，但卻沒有人注意到君兒臉上的那抹冷笑。

紫羽有些驚慌失措，她只得無助的緊緊拉住君兒，試圖從那跟她同樣纖細的女孩身上尋求一絲安全感。

「少爺，來這裡！」

慕容世家的護衛招呼慕容吟坐上一輛接應的車輛，慕容吟也不疑有他，直接拉著君兒兩人進入車內。可當車輛疾奔而出，離開的方向卻不是前往慕容世家所在的方向時，慕容吟這才明白自己上了賊船！

「你們不是慕容家的護衛！」

坐上駕駛座的那位「慕容護衛」回首冷冷一笑：「我們是送你歸西的死神！」

君兒緊緊握住紫羽的手，眼神慎重的看了她一眼，暗示她做好準備。

假護衛持槍直直對著慕容吟，在如此近的距離，饒是慕容吟有一定的實力，也還沒辦法躲開那近距離的雷射激光槍。

想當然耳，慕容吟一樣扯過他身旁的少女擋在身前，這不由得讓假護衛冷笑連連，語帶嘲諷的咒罵：「還真是個躲在女人身後的懦夫。」

慕容吟鐵青了一張臉，臉上滿是恨色。

就在此時，車輛猛地急剎，讓紫羽不由得緊張的發出尖叫聲——很快的，在一片混亂中，君兒等人馬上又被另一群歹徒綁走，就在這一來一往之間，連慕容吟也逐漸失去冷靜。

然而，就在眾人經過一處貧民窟的外圍以後，突然又遭遇另一方埋伏此地的歹徒襲擊！雙方很快就戰成一團。

同一時間，原本陰沉的天竟是開始落起雨來，似乎連天都在幫助她們，讓這場面更加失控。

經過無數的計畫跟布局，君兒她們暗中用了各種不同名義招攬了不少地下組織。要讓這些看似敵對的歹徒們，演出一場由各方組織為了搶奪大小姐的大戲，實則是暗中則是協助她們能輾轉逃脫的計畫！

大雨遽然落下，讓原本寬敞的視野變得狹小。

君兒拉著紫羽，佯裝恐懼的躲藏一角，悄然往附近的一處小巷緩慢移動腳步。

天空炸響了怒雷，徹底掩蓋了兩方人馬爭鬥的喊聲。

就在這雷光明暗之間，原本佇立原地的兩位少女開始拔足狂奔！

早在一開始，君兒就要求其他同伴記下原界這個區域的城鎮地圖，並利用她自幼在貧民窟生長的經歷，為自己四人在這窄小巷弄規劃了無數的逃跑路線。

兩人踢開了腳上礙事的跟鞋，並一同扯落那號稱能監控她們位置的定位監控符文耳環。

已然失效的符文耳環很快就消失在巷弄一角。

兩人在貧民窟的街道裡穿梭。可是不久後，體力較君兒虛弱的紫羽漸漸落下了腳步，顯得有些力不從心。

君兒看著紫羽逐漸落後，也有些焦急。她緊緊牽著紫羽的手，卻被紫羽拖累了速度。

「君、君兒，我不行了，妳先走吧……我等等會追上去的。」紫羽氣喘吁吁的說著。

但君兒知道若是她現在丟下紫羽，她怕是永遠跟不上自己了。

雖說先前爭奪她們的幾方組織有些的確是暗中計畫好的，卻也有不少組織是不請自來的。若隨意將紫羽落下，那她輾轉淪落其他不明組織的危險性太高了，君兒可不敢冒這樣的風險。

最後，君兒拉起腿軟的紫羽，不顧她的頹勢硬是將她背到背上，緊咬銀牙，對著紫羽說出了那麼一句話：「我們要一起逃出去！」

就這麼堅定的一句話，卻讓紫羽感動的紅了眼眶。

「希望那個人已經來了……只要他出面，家族那裡我們就不用擔心了。」紫羽回首望向皇甫世家所在的方向，怯怯的說。

她在網路上透過駭客的身分，給了某個組織的領導人關於皇甫世家內部的詳細地圖，以及重要物資所在處的資料。如果他有興趣，就一定會出手讓場面更加混亂吧？

君兒聽著背上紫羽的低語聲，淡淡回應：「希望妳找上的那傢伙，別把歪腦筋動到我們身上就好。」

「應該……不會吧？」紫羽有些猶豫的回應著。

然而，就在兩名少女冒雨前進時，後方卻有一抹身影緊緊跟隨在後。

可君兒因為焦急的想要抵達飛艇所在，竟忘了戰天穹過去不斷的告誡，一定要小心有人跟蹤！君兒雖然經過磨練，但畢竟沒有真正遭遇過實際戰鬥，難免落下一些原本應當注意的重要事項……

慕容吟緊咬牙關，小心翼翼的隱藏氣息跟在兩名少女身後。看著她們似乎是有目的的朝某一個方向逃去，幾番聯想下，頓時猜到君兒兩人打算趁亂逃出的計謀，雖然他並沒有猜到原先那些襲擊他們的歹徒也在君兒計畫之中，卻也明白了，君兒先前說他是輸家究竟是怎麼一回事。

這女人根本從頭到尾都在利用他！

他恨恨的在雨中追逐著少女們的蹤跡，面色陰冷的他，手裡拿出了幾根尖端亮著綠光的精巧細針……

Chapter 41

近乎失控

娃娃臉侍者一臉燦爛笑意，光明正大的闖進了皇甫世家的金庫所在。一路上暢行無阻，原先守護在此的護衛早就死得一乾二淨，只留下通道兩側一具具了無生氣的屍體。

「老大，這雨大到地下寶庫都快淹掉了，但我們還沒把東西全部搬完！」一名高壯的漢子見他慢悠悠的行來，忍不住高聲喊道。

「白癡！我不是把空間道具交給你們了嗎？裝滿了沒有？」娃娃臉侍者粗魯的回應著，再沒了先前的有禮開朗。星力在他的體表覆上一層薄膜，阻隔雨水近身，讓他在滂沱大雨之下，衣物依舊保持乾爽整潔。

「抓到幾個大小姐了？」他隨後問道，同時對著部分還沒能夠收進空間道具裡的名貴物品嘖嘖稱奇。

「老大，空間道具都滿了啦！皇甫世家實在是太有錢了，外頭傳言皇甫世家就要衰亡的消息是真的嗎？你看看這些裝潢和物品，根本就不像是有這麼一回事。兄弟們都想把房子整棟運走了……老大，你到底從哪弄來這裡所有的細節資料啊？真的是沒有任何遺漏，其他人那裡似乎也都是豐收呢！至於大小姐呢，只抓到四、五位而已。其他都被其他組織或是皇甫世家的核心力量帶走了……不過整體而言還算是大豐收啦！」

漢子的話讓娃娃臉男子猖狂大笑，邊笑還邊扯落了領口那只蝴蝶結，隨著衣物的微微敞開，露出了結實的胸膛，而那張原本陽光鄰家的少年臉龐上，此刻浮現的是與容貌截然不同，是屬於領導者特有的殘酷與血腥。

「可別把嬌貴的大小姐給碰壞了，那可是名貴的『商品』，我還要拿去勒索皇甫世家呢。話說回來，有人抓到兩位新娘子了嗎？」

「呃，說到這……」漢子頓了頓，吞了口唾液，乾笑回答：「老大……那個，因為大家都只想到皇甫世家有很多罕見的珍奇寶貝。所以等我回神，才發現根本沒有一個人去追那兩位新娘，啊哈哈……」

他尷尬的撓了撓後腦勺，接著說：「所以沒逮到兩位新娘……哇！好痛！」

漢子還沒說完，就被娃娃臉男子丟來的石頭砸到腦袋，疼得唉唉叫。

「蠢貨！那兩位新娘才是這一次婚宴裡最有價值的存在。你們竟然沒一個人去追？我們可是為了劫親這個偉大目的而來的，知道沒有？！」娃娃臉男子氣得臉色鐵青，對這群見錢眼開的手下惱火不已。

「回去再跟你們算帳，趕快把這裡清空！我現在可是缺錢得很！有看到大小姐就綁走，至於男人就統統殺掉。等等我親自出馬去追新娘。哼，希望那兩位嬌滴滴的大小姐可別落到別人手裡

了。」

就在娃娃臉男子不斷大罵自己手下時，皇甫大宅深處，一道猛烈的光柱驀然刺穿了天地。

光柱是由無數繁複的符文所組成，白色的亮光照亮了因為雲層而晦暗的天空，瞬間吸引了無數人驚恐呆滯的目光。

而當那燦亮的光柱升起，娃娃臉男子登時一愣，神情變得震驚愕然——這是怎麼一回事？！

他忽然聯想到了先前看到的熟人背影，猜測這是否是那個人所為。那人既然穿著大小姐專屬的保鑣制服，這表示這裡頭一定有某個他不得不隱瞞身分，以這種方式接近的存在。

莫非，皇甫世家有一位大小姐，是那惡鬼在尋找的「星星之眼」？

這還真是天大秘聞。

娃娃臉男子臉上浮現好奇，卻是沒了先前的陰狠邪氣。

「你們動作快點，之後趕快撤離，我要去看看情況。」

他對著手下丟下這句話，便轉身朝光柱所在衝了過去。

＊＊＊

當光柱轟然炸裂，刺眼的白光幾乎讓昏暗的雨日變成白晝。

與白光同時升起的，還有支撐「靈魂誓約」的磅礡星力。

而當誓約核心崩壞，那過去曾簽下「靈魂誓約」的人，都紛紛感覺到自己的靈魂得到了解放——

——契約的效力消失了！

站在斷壁頹垣中的阿薩特，震驚至極的看著光柱前那赤髮飛揚的男人。

原先，他已經做好可能會身殞重傷的準備要去破壞「靈魂誓約」的核心，但那戴著鬼面的保鑣卻動作飛快的領先他一步。

在他驚愕的警告聲中，原先預料的危險卻沒有發生。那赤髮的男人只是左手一抬，狂暴強勢的力量瞬間席捲整個空間，在接觸誓約核心的瞬間，引來的力量震盪將他當場震飛。有那麼一瞬間，阿薩特恍惚看見了戰天穹那隻探出的左手，是鐵灰色的……

很快的，這抹異象便被核心被破壞時炸裂的光輝給掩蓋了。

狂暴的風浪以核心為中心點爆發，戰天穹的一頭赤髮在氣浪中飛揚。

當阿薩特勉強站定後，他看著戰天穹收回手的背影，面露猶豫，將一直困惑的問題問了出口：

「鬼先生……你是戰族的人？」

雖然他的語氣帶著猶豫，但此刻他心裡近乎肯定了戰天穹的身分。

戰天穹冷漠回望，卻是搖頭。就是不知是不想回答，還是想說自己不是？

戰天穹轉頭離開，直往皇甫世家更內部走去。

「離開這裡。十分鐘後，我要毀了這裡的一切。」

他語氣凜冽丟下這一句霸道又殘酷的話語，不再掩飾自身實力帶來的威壓。阿薩特想要追上前，但一想到彼此間的實力差距，便又止住了腳步。

他最後看了戰天穹離去的背影一眼，輕聲說了一句——

「保重！」

＊＊＊

娃娃臉男子閒庭信步的往光柱出現的方向走去。

在抵達誓約核心曾存在過的區域後，沒發現他正在尋找的那抹身影時，他眉頭一蹙，便又朝著傳來強大星力感的方向走了過去。

為了安全起見，他拿出一對末梢亮著黑芒的精巧匕首在指尖把玩。

他臉上表情沒了嘻笑，而滿是如臨大敵般的嚴肅。

「……情況不太好啊，要是這傢伙在這裡暴走的話，我也有可能會變成枯骨的。」

雖然娃娃臉男子嘴上這麼說，但是他腳下的步伐卻沒有停頓。在他逐漸更加接近對方時，忽然一陣濃重的血氣傳來，讓一向嗅覺靈敏的他忍不住緊鎖劍眉，面露憂慮。

「血氣……那傢伙動用血海了嗎？這一次的血腥味比以前還濃上許多，他究竟是殺了多少人？」

娃娃臉男子如一道閃電似的，朝血氣瀰漫的所在之處疾馳而去。

「不、不要殺我！」

皇甫恆尖叫著，看著眼前直朝他走來，身穿自己家族保鑣服裝的男人，眼神滿是驚恐。

他最近這些年已經不太管理底下人如何篩選保鑣，畢竟篩選人員的主管都經驗豐富，誰能想到這樣的存在，竟然會自降身分來當一位少女的保鑣？自己的家族究竟招惹上了一個什麼樣的麻煩？！皇甫恆在心裡悲嚎著。

赤髮男人腳下浮現異常的血色浪花，臉上那猙獰的惡鬼面具已然拿下，不再掩飾臉龐的異狀，露出一張半面鐵灰的冷酷容顏。

此時戰天穹的神情不再平靜，而是呈現殘酷暴虐。

「這個世界利用血海作為攻擊方式的只有……啊啊啊大人我不知道是您！別殺我，拜託！我可以給您很多錢！還是您要多少大小姐都可以！」

皇甫恆驚慌的看著那些倒臥身旁，已然身死的族人護衛。屍體在碰觸到無限蔓延的血浪之後，便徹底消融在血海之中。

最後，皇甫恆才注意到自己已然被血浪包圍，只剩下自己跪地的區域還沒有被吞噬。

「……欸，吃人可以，但吃太多可是會吃壞肚子的。」

一道輕快的聲音傳來，一位有著一張秀氣娃娃臉的男子閒散的走來。他臉上掛著微笑，眼裡卻是戒備緊張。

他抽了抽鼻子，那濃重的血氣透露著有多少新鮮的血液加入戰天穹那片聞名遐耳的血海。

「霸鬼，你吃得人已經夠多了哦，該收手了，我可不希望面對一頭失控的惡頭。」他警告的說道，絲毫不避諱的在皇甫恆面前，喊出戰天穹另一個為世人所顫慄的稱呼，語氣卻是面對熟人才有的輕佻。

「卡爾斯，你來這裡做什麼？」戰天穹斜睨了娃娃臉男子一眼，赤眸滿是煩躁。

被稱作「卡爾斯」的娃娃臉男子露出大大的笑臉。

他反問道：「你這頭惡鬼不也在這嗎？」

接著，卡爾斯神情一肅，語氣嚴厲了起來：「好啦，這是最後一個了，你要再多吃人我可是會阻止你的，我可不想見到你失去理智的模樣，那太糟糕了。羅剎不在這裡，可沒人能制止瘋狂的你。」

戰天穹冷哼了聲：「不用你多事。」他的聲音粗嘎嘶啞，顯然正壓抑著什麼。

只是當戰天穹的目光對上皇甫恆驚恐慌張的神情，原本冷酷的臉龐竟彎起了異常邪肆的笑容。

而看著戰天穹這抹邪惡氣息十足的笑，卡爾斯不由得眉頭一皺。他很清楚這抹笑並不屬於眼前這個男人，那是屬於他體內另一個黑暗存在的笑容，莫非那邪惡遺跡的意識要甦醒了？這比預計的要早上太多了吧！

皇甫恆還不肯死心，他跪坐在地，面帶卑微的試圖扯出一抹笑容來，然而那抹笑容卻像是在哭一樣。

「我知道您是鎮守人類世界的黑暗守護神『凶神霸鬼』大人，相信您一定不會……」他試圖想要求生，逼不得以只好說出戰天穹的身分，望這位大人能夠看在自己高貴的身分地位上，不要跟他一個小人物計較。

不過還不等他說完，戰天穹便直接一個血浪拍了過去，讓皇甫恆徹底驚呆了眼，所有在心中先想好的那些華美言詞頓時沒了用武之地。

他的身軀在碰觸到血海的瞬間，便消融成了一具枯骨，剎那便奪去了他的性命。

哪怕是熟悉戰天穹有一片血海精神空間的君兒，也不知道她曾經腳踏的血海竟是戰天穹最強大的殺人利器。

接著，戰天穹掃了卡爾斯一眼，卻是面露痛苦，警告出聲：「離開……快！」

卡爾斯登時一愣，瞬間繃緊神經。

也就在剎那間，戰天穹突然昂首發出猶如厲鬼咆哮的吼聲！

空氣中無形的星力隨之躁動，掀起陣陣狂浪般的震波掃蕩而出！

「我靠，要發作也不要在這個時候——」卡爾斯咒罵了聲，閃身躲進自己的星界空間。

當震波掃過，建築紛紛支離崩解。

戰天穹甚至還沒打算停止，他一個重重的踏步，力量自腳底擴散，在地面形成一處寬敞的巨大凹坑，擴散的蛛絲裂痕飛快的朝四方裂去。頃刻間，原界方圓百里內生態圈的自動防護機制瞬間啟動，那守護整個殖民地的光罩亮起警告的紅光，讓所有人都不由得繃緊了神經，誤以為有絕世強者在戰鬥。

地震、暴雨以及那不知何來的可怕震波，不知造成多少人的傷亡，但這還是戰天穹收斂自己力量的結果了，若是他毫無顧慮，原界早是橫屍遍野。

「戰天穹！你是想把原界毀掉嗎？！」

卡爾斯在感覺外頭安定以後，這才從自己的空間裡狼狽走出。

他觀察了一番四周的毀壞情況，頓時破口大罵。但當他罵完他才知道錯了——不是因為罵人罵錯了，而是他出來的時機錯了！

眼前神情有些瘋狂的男人似乎又有了新的目標，目光死死盯在卡爾斯身上。

此時的戰天穹，左眼紅黑交錯，臉上更是紅印閃動。他邪肆的彎起殘酷的笑。

而看著這一幕，卡爾斯差點沒慘叫出聲！

天都知道戰天穹這模樣代表了什麼，這代表了他現在是入魔的狀態呀！

「美味的靈魂啊……」戰天穹笑得慘忍，赤眸閃動異光，心裡渴望吞噬更多血肉靈魂的欲望，讓他近乎失控。

「戰天穹是我，卡爾斯！你可別胡亂吃了我，不然你會後悔一輩子的！」卡爾斯怒聲咒罵，閃掉了幾次朝他拍來的血色惡浪，深怕自己一個沒注意，就被這位老友給殺掉了。

此時，戰天穹原本邪肆的神情開始面露掙扎，臉上神情在猙獰與痛苦之間交錯，最後他遽然半跪於地，握拳重擊地面，痛苦的發出嘶吼。

戰天穹爾後捧頭仰天咆哮著：「該死的……停下來！給我閉嘴，滾回去！」語氣滿是憤怒掙扎

及懊惱挫敗。

他料想不到自從那一次與君兒的親吻以後，他心中沉睡的黑暗面竟然就要甦醒！那寄生在他體內的邪惡遺跡意識，在他釋放自己情緒時也趁亂浮現了！

如同負傷的赤色惡獸般，戰天穹狼狽的搥打地面，邊抱頭咒罵，臉上表情既猙獰又帶著哀痛。

『餓了、餓了、餓了！』

不知名的聲音在戰天穹腦海中怒吼著，一再重複「餓了」一詞。

聲音如同一頭飢餓多載的凶獸，不斷叫囂著需要血肉靈魂餵養。

『不夠不夠！這樣還不夠，還要更多血肉靈魂才能讓——辰星……！』

那吵人的聲音，如同有人用尖利的指甲在黑板上刮著擾人般刺耳，直讓人幾乎精神崩潰。

好在戰天穹本身意志無比堅毅，失控只在短暫瞬間，在卡爾斯的咒罵喊聲中奪回了意識主導權，這才將那詭異聲音給壓了下去，但卻沒注意到那聲音最後喊著的字詞是他曾經聽過的。

「沒想到這一次的反噬竟然那麼嚴重……咳嗚……」隨著左眼瞳目逐漸恢復正常，戰天穹只覺喉間一口腥甜湧上，張口便是嘔出一口紅中帶著鐵灰的血液。

他眼裡滿是懊惱，然後五指一握，使用星力將手中異樣的血液直接蒸乾。

「你還好吧？」卡爾斯見戰天穹逐漸恢復神志，凌亂的氣息平復，這才大大的鬆了口氣。

卡爾斯走上前去就想拉起他，自然是被戰天穹不客氣的一掌拍開。

「別叫我那個稱呼。」

戰天穹很是排斥那個稱呼。每每一提及那個稱呼，總會讓他想到自己曾經犯下多少罪孽。

「嘖，霸鬼有什麼不好的？」

卡爾斯不耐煩的回嘴，只是在接受到某人怒瞪的視線後，還是心不甘情不願的改了稱呼：「好吧，叫你阿鬼總行了吧？說吧，你不是去找『星星之眼』了嗎？為什麼會在這裡，還穿了身保鑣服裝？」

然而，戰天穹顯然不想搭理他，只是眉心一皺，站起身子，直接撕開了空間逕自離開。

被忽略的卡爾斯額間青筋一跳，對這位脾氣怪戾的好友是又氣又急，又是無可奈何。

「這傢伙絕對是故意的，是在諷刺我還不能撕空而行是吧？！」

卡爾斯氣惱至極，雖然猜到或許戰天穹有什麼事情不想讓自己知道。但這傢伙難道就不能夠有一、兩次，拉下臉請他們這些老友幫忙，總要這麼固執嗎？

「這頭悶騷的惡鬼！」卡爾斯又咒罵了聲，朝自己手下的所在走了回去。

＊＊＊

戰天穹在一座聳高的巨塔上憑空走出，任由雨水洗刷他身上的血氣。

他的目光冷冷盯住下方不遠處，那在窄小巷弄間，彼此針鋒相對的男女雙方。

「君兒，靠自己的力量離開吧……」他的語氣有些疲憊，先前的反噬讓他氣血還有些翻騰不穩，卻在感覺到君兒有危險後便直接趕了過來。

他沒有直接出手救下君兒，而是靜靜的站在場外守護她。

此刻，紫羽緊張的攙扶著君兒，眼神很是擔憂難過。

在君兒纖細的手臂上，一根精巧的細針扎在血肉之上。君兒一把將之抽出扔開，卻是瞬間視線有些恍惚。

她們震驚憤怒的看著來人，君兒更是眼裡怒光閃動。

「慕容吟……！」

君兒咬牙切齒的喊出來人之名，讓那人露出了一絲諷刺的笑容。

Chapter 42

投奔自由

君兒料想不到，因為自己一時緊張失查，竟沒有注意她們被跟蹤了！

當她感覺到一道細弱的破空聲疾射而來時，已經太遲了。

她背著紫羽，體力已經消耗得差不多了，純粹是由意志力在強撐。

最後，她果決的將紫羽摔了出去，自己回身想用精神力擋下那似乎是箭矢的攻擊——然而她又算錯了，攻來的武器並不是箭矢，而是一根看似無害的精巧細針！

錯判情勢讓君兒錯過了最佳的反應時間，只能抬手擋下那根朝自己射來的細針。

「君兒！」

紫羽緊張的上前攙扶住抽針以後腳步踉蹌的君兒，這才注意到那從巷弄一側走出的男人。

雨中，那人原本的白色西裝已然沾上汙漬而顯得灰暗，臉龐更沒了原先偽裝的優雅，取而代之的則是猙獰。

「妳們竟然敢利用我……！」

慕容吟咬牙切齒的看著半跪於地的黑禮服少女，雖然君兒因為奔跑使得衣著凌亂，但眼中依舊傲性如昔。

君兒強忍手臂上傳來的異樣疼痛，冷漠揚笑。

「你現在才發現嗎？」君兒嘲諷道，對體內突來的虛弱感倍感焦慮。

「妳！」

君兒這話刺痛了慕容吟，可隨後他冷酷一笑，而這抹屬於勝利者的笑容讓君兒大感不妙。

也就在這麼一瞬間，君兒手臂上的疼痛突然傳來火燙的異常感受，思緒有了片刻凝滯。

她側頭看向自己的傷，不知何時，那被細針扎疼的皮膚竟浮現出一塊突兀的青紫色斑痕——她中毒了！

「呵呵，察覺到了嗎？這可是我們慕容世家特製的毒物哦！」慕容吟晃了晃手中精緻的細針發射器，上頭並排等著射擊的細針尖端，正閃動著幽暗的綠芒。

君兒心驚，卻知道自己今天凶多吉少了，但至少……她側頭看向正辛苦撐住自己的紫羽，心想至少要讓紫羽逃出去才行。

隨後，君兒果決的推開紫羽，踉蹌的身子在頑強的意志力下再度驕傲站定。

「紫羽，妳快走！」她冷漠的對紫羽下達指示，一手重重甩開紫羽又想伸來攙扶她的手。

紫羽一慌，再一次的拉住君兒，高聲喊道：「不要！君兒我們一起逃！」

「我叫妳走！」君兒怒吼著，她眼中的凜冽讓紫羽泛紅了眼眶。

慕容吟饒有興致的停下了前進的腳步，靜靜觀察君兒這番自斷後路的行徑。

紫羽看著君兒面無表情的容顏，她知道君兒是要為她斷後，但她怎麼能走？說好要一起逃走的，而且先前君兒都沒有丟下她離開，她怎麼可以先走！

紫羽看著君兒堅強的擋在自己身前的行為，就像看見了過去她和蘭一起保護她，使她不被其他大小姐欺辱的畫面。生平第一次，紫羽後悔自己是這麼的懦弱，竟然只能被別人保護，甚至還成為拖累別人的存在。

想起君兒和蘭為自己做過的一切，紫羽抹了抹眼淚，一向懦弱的性格竟難得煥發出一絲堅定。

「君兒，我們要一起逃走！就像妳沒有丟下我一樣，我也不會丟下妳離開的！」紫羽堅強的說道，閃身走到君兒身前，擺出了破綻百出，明顯就是只粗淺學過戰鬥技巧、屬於入門者的攻擊姿態。

或許這情境看在慕容吟眼裡，只是兩個小女孩無聊的友情表現，但君兒卻因為紫羽這樣難得的勇氣而心有感慨，更有感動在心裡蔓延。

她很清楚紫羽的性格。紫羽明明可以逃走的，卻沒想到她竟然願意留下來保護自己！

這就是真正的友情吧？在危難之時，誰也不放棄誰。

「無聊的友情……」慕容吟嘲笑道，就想攻擊紫羽！

或許是對自己實力的自負，他並沒有使出全力，再加上紫羽的戰鬥姿勢實在破綻太多，讓他抱持著玩弄心理，決定要好好耍弄這兩位少女一番。

可下一秒他就錯了，就在他注意到君兒再度露出那抹「你已經輸了」的笑容時，腳下那如小溪般淹過腳踝的雨水，遽然在君兒一個揮手的動作下，掀起了一道突來的巨浪！

君兒沒有多言，在掌心閃過掌控水系的藍色符文後，透過精神力直接操控這漫天的水氣進行攻擊——當然她很清楚，這僅僅只能阻擋慕容吟一段時間，根本不能實質的傷到他。

如果自己能掌握腦海中那九把短劍的力量就好了。

直覺告訴君兒，精神空間中圍著蝶翼圖騰旋轉的九柄短劍，才是她最強大的可怕武器。但即使鬼先生告訴了她如何運用，目前她還是沒辦法實際的掌握這份神秘的力量。

紫羽不解大浪何來，誤以為是君兒利用自己的控制天賦在作用，便也提起精神，拉著君兒拔足狂奔。

「水元素操控者?!皇甫君兒，妳竟然——」

慕容吟誤會了君兒擁有水元素控制的能力，瞬間拍擊而來的水浪夾雜了沉重的力道，猶如重重拍上岸邊的巨浪一樣，絆住了他的腳步。

透過水幕，慕容吟看著兩名少女逐漸奔遠的身影，面露氣惱的施展出自己的真正實力，這才擺脫了水浪的糾纏。

君兒輕輕吁了口氣，方才使用精神力操控水系符文讓她有些疲倦。

因為太過於執著逃離一事，讓她忘了要慎重的保存體力。此刻的她已經消耗了太多不必要的體力，而再加上手臂上的傷，細針帶來的毒性顯然已經開始作用，使她有些頭暈目眩。

可是，她依舊沒有停下腳步。

有好幾次，君兒必須咬疼舌尖或嘴唇，試圖用疼痛喚醒意識。

兩名穿著黑色與白色婚紗的少女，互相支撐著彼此，艱難的在下著雨的小巷中穿行。

更糟的是，前往她們私藏逃跑飛艇的道路竟然開始積水，身至膝頭，更是為疲困的兩人增添了幾分難度。原以為這天氣可以替她們爭取一些機會，沒想到現在反而成了阻擋前行的麻煩。

臉上被雨水打得生疼，君兒的眼睛更是因為那斗大的雨珠流入而泛著痠疼。

莫名的，君兒想起了似乎只要與她有關的重要日子，天總會這樣下著大雨……

「希望緋凰她們沒事……」

紫羽夾帶著哭音的祈禱傳了過來，君兒只能輕輕嘆息。

希望她們彼此都可以順利逃脫。

＊　＊　＊

時間回到稍早之前，在婚禮開始的當天早上。

深吸了口氣，緋凰最後一次打理自己的服裝儀容。

當她再次抬眼看向鏡中的自己時，竟然有些恍惚。

她等多少年了？十二年啊！

自從她七歲那年被抓來皇甫世家以後，深埋了多少的仇怨、多少的痛苦？

就在今天，長年以來的期盼終於能夠實現了！

想到這，心裡便充斥著讓人渾身顫慄的激動，她眼裡積滿喜悅的淚水，但是不能哭——君兒說，眼淚要等真正逃離之後才能落下！

雖說是要參加婚禮，但緋凰還是穿著習慣的紫色白邊筆挺軍裝，套上黑色長褲，腳上蹬著一雙褐色的軍式長靴，硬實的布料讓她看起來多了一絲剛毅。腰部做有特殊的束腰設計，突顯了緋凰纖細的蠻腰，而紫色白邊的色澤讓剛毅之中又添了一縷優雅。

好在她平常就習慣穿著軍裝出席一些場合，這樣在逃離的時候，才不會被那該死的禮服裙襬給絆住。

這是她過去就一直計畫好的，直到今日終於能夠派上用場了。

平復了一下心情，鏡中自己的臉蛋寫滿驕傲，如秋水般的紫眸裡閃動著耀眼的神采。

緋凰昂首闊步踏出房門，準備迎接這象徵重生的一日。

在抵達婚宴會場後，一頭深藍色長髮的蘭率先走了過來。她今天穿著一件短版洋裝，她不能像緋凰那樣穿著軍裝，不然會太引人注目，所以只好盡量穿著不會妨礙行動的禮服，連腳上的跟鞋都換成平底鞋。

兩人沒有說話，只是交會了一抹眼神。

婚禮的鐘聲準時響起，如同敲響計畫的開端鐘響，讓緋凰忍不住緊了緊拳心，滿心堅定卻又澎湃緊張。

而當君兒和紫羽攜手步上大道，看著那一黑一白的新娘，緋凰其實心裡很是感慨，為了她們的計畫，不得不這樣犧牲她們兩人對婚禮的美好幻想。

君兒應該很難過吧？畢竟她是喜歡鬼先生的……

黑紗的新娘一臉冷然，孤傲妖豔的好似一朵帶毒的黑色罌粟。

真不曉得慕容吟發什麼神經，在這種喜氣洋洋的婚宴竟然讓君兒穿著黑紗，如果只是普通宴會那倒是還好，現在卻把君兒搞得像是送喪似的。

君兒堅定邁開的步伐絲毫沒有畏懼和質疑，沉穩的好似一切都在掌握之中似的，莫名的撫平了緋凰和蘭兩人心中的緊張不安。

隨著婚禮正式開始，緋凰和蘭稍微往大小姐的觀禮區外圍退了一點，雖然家族為了保護大小姐的安全，還是安排了一群保鑣背對著圍繞在她們身邊，組成一圈人牆，省得會有人趁機攻擊或嘗試綁架她們。

緋凰狀似無意的摸了摸耳垂上的定位監控符文耳環，讓蘭了然的用指尖捲捲長髮，兩人的視線並未交錯，就像是毫無關聯的無心舉動一樣。

但其實這是她們私下擬好的暗號手勢，準備等等一暴亂就要準備扯落定位耳環。設計這個符文耳環的人絕對想不到，會有大小姐能夠破解耳環被隨意卸除會爆炸的功能，這也成了這一場驚天大亂的禍根來由！

當混亂開始，賓客們四處逃亂，尖叫、嘶吼此起彼落，守護在大小姐身旁的護衛們也繃緊了神經，可卻在此時，突然有護衛反手抽刀，攻擊的卻是自己的同伴！

看著活生生的生命在自己眼前凋零，不曾經歷這番駭人場景的大小姐怎能忍受？頓時尖叫聲四起，更有人因此軟腳倒地。

「快，到君兒說的那個地方去！」

緋凰動作最快，她聯合蘭開始攻擊想合攏捕捉她們的護衛，兩人合力破開層層重圍，想盡辦法離開了婚宴會場，並開始在皇甫世家內部狂奔了起來。

趁著紫羽過去找到的家族平面圖，她們自然知道哪裡有封鎖線及重兵防守。

心思縝密的君兒，早就強迫她們記下家族內部與附近區域的地形圖，只要她們能如實逃脫，前往君兒規劃好的地點，便能夠找到可以離開原界的小型飛艇！

天上烏雲密布，瞬息片刻就下起了猛烈暴雨，灰沉的大雨讓視野變得模糊，卻也意外的讓緋凰兩人混在人群裡，闖出了皇甫世家的家族領地！

穿過以前那遙不可及的大門，遠離那束縛一切的該死的家族，兩位少女不約而同的滑下淚來，混著那冰涼的雨水，嚐起來竟意外是甜的……

或許這只是錯覺，但她們真的已經離開皇甫世家了！

大雨瘋狂的落著，她們甩手扔掉了符文製作的定位監控耳環。

在越發猛烈大雨中，很快的，那洶湧淹起的雨水便將耳環順勢帶進了汙水道之中。

昏暗中，一道光柱遽然攀升而起，伴隨著聲勢浩大的嗡鳴聲直上天際，那是「靈魂誓約」核心被破壞時才會有的駭人景觀，讓雨中奔跑的兩人錯愕的抬起頭來。

「哥哥他們成功了嗎？」緋凰猜測道。

想到阿薩特在離別前，告訴她要和鬼先生一起去破壞「靈魂誓約」的核心，她不由得擔心起阿薩特來。

「希望一切順利……」

她們沒有停下腳步，因為逃出去，是她們所有人的願望。

銀牙一咬，緋凰加快了腳下奔跑的速度，深怕後頭會有人追上來。

鬆懈這件事，等到了新界再說吧！

可就在她們看不見的所在，雨中突兀的出現了一抹纖細身影，朝她們逃去的方向跟了上去。

那人的白色斗篷上，繡著一隻精緻的九尾白狐。

Chapter 43

難逃魔爪

「我們只能在逃出去以後，想辦法聯繫上緋凰她們了……」

君兒的聲音開始透出一絲難掩的疲倦，毒素開始發作，她一個踉蹌直接跌倒在地。

身上的禮服在吸飽水氣以後，成了壓垮駱駝的最後一根稻草——疲倦又中毒的君兒再也沒有氣力撐起身子奔跑，而毒素開始奪去她的意識。

「君兒？妳怎麼了！」

紫羽的驚呼聲在耳邊響起，但對君兒而言好像是從遙遠所在傳來的一樣。

暴雨下著，然而，一種被毒蛇盯上般的怵然感，讓君兒驚懼的情緒自心底攀升！這純粹直覺的反應，讓她猛地拉過紫羽的手，想要將她拉低藉此躲開攻擊。

可紫羽卻沒有君兒這般敏銳的反應，駑鈍的她誤以為君兒是需要她攙扶，硬是反將君兒扯了起來。而當紫羽感覺到肩背處的疼痛時，細針已將毒素帶進了她體內。

完了！君兒心中嘆息，明白她和紫羽今天是注定逃不掉了。她從自己毒素發作的狀況判斷，知道慕容世家製作這種毒素並不是要置人於死地，但想來用意也好不到哪去。

是要藉此來控制她們嗎？君兒這樣猜想著。

「呵呵，妳們是逃不掉的！」

帶著戲謔的調侃男聲響起，伴隨著陰晦的啞沉笑聲，如同索命的死神一樣，靜靜佇立在君兒兩人身後不遠處。

君兒手臂上的紫黑毒斑開始帶來一陣陣如蟲蟻噬咬般的疼痛感。紫羽因為疼痛而鬆開了攙扶著她的手，讓她狼狽的倒坐在積水的石板路上，及膝的積水淹過了腰部。

君兒冷眼看著慕容吟，試圖調用星力治療自己，卻是成效式微。

「這毒，沒得解。是我們專攻醫學與藥劑研究的慕容家特別調配的毒素。」慕容吟冷冷開口，看向君兒的眼神帶著睥睨。「固定一段時間發作……嘖嘖，那痛苦可是會讓人精神崩潰的，真想趕快看看妳開口跟我哀求解藥時的表情。」

寒冷與毒素逐漸消磨體力，君兒原先還預計自己可以帶著紫羽抵達停放飛艇的地方，但沒想到半路竟殺出了個程咬金。

這毒，讓她意識有些昏沉。

底牌已盡……難道這次真的要被抓回去嗎？

「我勸妳還是不要多掙扎比較好，這毒雖然在開始時會讓人麻痺和陷入昏迷，但若是強行動用星力治療，可是會傷身的喔。」看著君兒明明已經無力，卻還要強打起精神的模樣，慕容吟冷聲嘲諷著。

「先前我顯然小看了妳們這兩位最低評等的大小姐，不過皇甫世家似乎也被妳們瞞了過去。看

樣子，妳們為了這一天計畫很久了吧?竟然隱瞞自己的實力，皇甫君兒，妳好重的心機啊!」

頭顱一偏，慕容吟靈巧的閃去君兒扔來的石塊，那軟綿綿的力道在在顯示了君兒此刻已是窮途末路，不足為懼。他陰笑了聲，跨步向前，長腿直接踩上君兒的肩頭，力道之大，直接將她壓進足達膝頭的積水裡頭。

「嗚……」君兒正欲咒罵，口鼻間卻灌進了更多積水，冷得肺都疼了，但是肩上的那隻腳似乎是刻意的，讓她才剛掙扎的抬起頭又將她踩回水裡，氣得君兒是又驚又怒。

「妳這死丫頭竟然敢利用我?!」慕容吟恨聲咒罵，絲毫不留情的一次次將君兒踩踏進水中，就想這樣折磨她。

「君兒!」紫羽淚眼婆娑，她因為肩背瀰漫的痛楚，而有些虛弱乏力。

見慕容吟這樣踐踏君兒，她心一狠，撲上前去扯住了慕容吟的一腳，想阻止他繼續傷害君兒。

「你這個討厭鬼，快放開君兒!」

紫羽不再懦弱的吼聲讓慕容吟顯得有些訝異，但這還是不能夠制止他傷害君兒。

「滾開!」慕容吟不屑的一腳踹開紫羽，讓紫羽驚叫一聲，跌坐一旁。

體虛的毒素很快就開始發作，她視線模糊的看著不斷掙扎的君兒，哭花了一張可人小臉。「嗚嗚……君兒……」

君兒眼前所見是一片帶著淡灰色的汪洋。

慕容吟踩著她的肩，似乎就要將她踩進地獄深淵。

缺乏空氣的窒息感極其難受，肺部因為灌進積水而嗆疼不已，意識已然開始模糊。

就在自己要失去意識的那瞬間，耳邊恍惚又傳來了鬼先生冷酷的一句吼聲：（君兒，站起來！）

站起來！

這句話，她在訓練時不知道聽到了多少次。

戰天穹在指導她戰鬥技巧時總是嚴肅無比，只要她疲倦的倒下，就會冷冷的丟下一句「站起來」！

而君兒也從來沒有違背他對自己的期許，一次又一次的艱困起身，繼續先前的磨練——這一次，她又聽見了他的聲音。

或許那是殘留在她意識深處的記憶，讓她在倒下時，總會恍惚聽見這句喊聲。

意識瞬間清醒。君兒緊緊擒住那踩在她肩頭上的長靴。躲不過，她閃開總行了吧？！

身子一扭，君兒掙脫了慕容吟大腳踩踏她的動作，一手拍出藍色符文召出大浪，攻擊沒料到她還有反擊能力的男人。

君兒嗆咳著，邊嘔著水、邊艱困的呼吸著空氣。她抖著手倚靠著牆面撐起身子，目光森冷。

「該死……竟然還有反擊的能力？你們還不快把她們給我抓起來！」

隨著慕容吟震怒高吼，窄小的巷弄裡頓時出現了無數身著黑衣的護衛，包圍住了君兒兩人。

但君兒還是沒有灰心喪志。在昏迷前的最後一瞬間，她看著慕容吟的目光，彷彿宣示著自己終究會是那最後的勝利者一般，那樣的驕傲，充滿難馴的傲性。

就算身處險境，那優雅傲慢的冷然容顏，竟是讓原先就要出手擒拿她的護衛頓住了動作。

也就在護衛停頓動作的同時，君兒直接一頭栽倒！

君兒意識陷入一片黑暗，人就好像被抽離靈魂，看著視野的模糊框框遠離自己，連五感都變得飄忽。

她昏迷前的最後一個畫面，就是慕容吟憤恨卻又終於得逞的眼神。

我會逃出去的！

少女在心裡宣示，這是她昏迷前的最後記憶。

「少爺，抱歉來晚了。」真正的慕容護衛珊珊來遲，讓慕容吟大為光火。

「你們這些人是死到哪裡去了？！」

「抱歉，少爺我們……」護衛們只能羞愧的任由慕容吟責罵。

最後慕容吟不耐擺手，讓護衛扛起兩位昏迷的新娘，一行人便自這窄小巷弄中離開。

護衛們前腳剛走，有著娃娃臉的卡爾斯就慢悠悠的從巷弄一頭走了過來，卻是輕快的踏水而行，絲毫沒有被雨水窒礙移動。

他邊哼著五音不全的歌曲，卻在某處停下，撈起了一根不起眼的細針。那便是先前慕容吟使用的毒針，此時細針被水浸泡過，上頭的毒素已經被沖刷得乾淨。

可卡爾斯卻是晃了晃細針，對毒素靈敏的鼻子更是聞出了毒素的味道。

「毒針？！」

他有些驚訝，拿著針開始觀察了起來。

卡爾斯幾乎是沒有猶豫的，抬手將細針送入嘴邊，輕輕一舔。

論毒，他敢拍胸脯自稱自己是專家級的存在！

他並不畏懼毒素，只因他本身就是個危險至極的劇毒之人。

「……麻痺與昏迷效果的毒素？這味道是慕容世家的『醉生夢死』，竟然用了如此下作的毒素……會讓慕容世家的人出手使用這種毒針，那目標應該便是皇甫世家的新娘或是大小姐了吧？」

卡爾斯舔了舔舌，憑著細針上最後殘留的一丁點毒素，就嚐出了是何種毒素，可見其對毒素的

理解非常深刻。

卡爾斯那張俊秀的娃娃臉浮現一絲陰冷，四周觀望了一會後，便往先前慕容世家護衛離開的方向追了上去。

隨著卡爾斯而來的，還有一抹赤影。

戰天穹並沒有追上卡爾斯，他只是停在這裡。

早先他便在高處目睹了一切經過，自然也明白君兒受了傷、中了毒，只是他猜想慕容吟使用的是昏迷的藥物，這才導致君兒露出敗象，沒有連想到毒素上。

戰天穹那雙赤眸裡寫滿擔心焦慮，任由雨水滑落臉龐。

緊握的拳心顫抖著，拼命克制自己想要救下君兒的衝動。但最後理智戰勝了一切。

他不能、也不容許自己插手君兒的成長。那是她必須經歷的磨練，他的介入只會讓她錯過很多成長的機會。

「君兒……」他飽含心疼的嘆息在雨中迴盪，最後被雷雨聲響徹底掩蓋。

Chapter 44

穿越暴風圈

原界・宇宙機場

此刻，機場正擠滿了無數的戰艦，都想在暴風雨開始前啟航遠離原界。

當原界地表上爭鬥開始，在原界外待命的組織也開始暴起紛爭——然後不知道哪個組織，啟動了足以影響行星天氣變化的大型攻擊武器，徹底將原界的天氣攪得一團混亂。

這也使得此時原界的天氣逐漸往最危險的行星風暴發展，若是不趕在即將來臨的風暴開始前離開，將會遭遇上人人最畏懼的行星風暴了！

行星風暴，是一種星力促亂造成的異常氣候，範圍之大幾乎能夠籠罩整顆行星。暴雷怒雨只是前兆，在風暴中後期，還會伴隨著可怕的颶風和龍捲風襲捲全球，算是極具毀滅性的可怕氣候。

若以為倚靠體積龐大的戰艦就能夠穩扎穩打的躲過一劫，那是不可能的！

因為光是暴雷裡頭帶著的磅礡星力，巨大且瞬間爆發的能量可能導致戰艦內部的符文核心爐燒融，甚至毀壞戰艦的整體符文結構，最後使得戰艦因為能量失控而爆炸。

在狂風暴雨間，一群護衛帶著一黑一白的身影，乘上了一艘體積龐大的戰艦。

這艘戰艦造型猶如一隻巨大的銀色梭魚，流線型的設計能讓戰艦在宇宙中降低航行阻力，設計上是以速度為優先考量的型態。而在艦尾，精緻的刻畫著慕容世家專屬的家徽。

嗡鳴聲中，梭魚戰艦兩側的片翼與艦身上亮起了無數的符文，就在一片凌亂之中，緩緩飛離地面……

梭魚戰艦在升空時遭遇了劇烈風暴，因而搖晃了一會，隨後平穩了艦身，朝大氣層外起航離去。接著，遽然加速的梭魚戰艦飛速穿破轉成紫灰色的沉重雲層，突破了行星的大氣層，航向宇宙。

君兒和紫羽因為毒素而陷入昏迷，並不曉得自己兩人已被帶出了原界。

原先計畫好的離開計畫失敗了，可卻意外的踏上前進宇宙的旅途，這究竟是福是禍？

卡爾斯遠遠的就看見那拔地而起的慕容世家戰艦，忍不住咒罵了聲，快步登上了一艘通體黝黑、不見標誌，體積較慕容世家的戰艦還要再大上三分之一的另一艘巨型艦艇。

這艘戰艦外型更加剛硬猙獰，前端為寬口設計，中段一對向左右延伸如刀鋒般的片翼，身側架設四管黑黝黝的巨大砲口，後段艦首區突出。

比起那些注重速度的梭魚式運輸型戰艦，這類搭載著重火力的戰艦多用於軍事用途。

原界的宇宙機場上也停放了不少攻擊型的戰艦，但或許是彼此各有默契，在降落時便紛紛隱匿了組織或者是代表團體在戰艦上的圖徽，只有少部分龐大的組織或者是慕容、皇甫以及其他幾大世

家才敢這樣光明正大的亮出圖徽。

當然，這是一種地位宣示的象徵，可看在一些有心人士的眼裡，又何嘗不是在黑夜中舉燈，明擺著讓人搶呢。

見卡爾斯一臉陰沉的走了回來，上前招呼的都是面目猙獰的漢子，各個殺伐氣息極重，隱約透露著噬血和殘暴的氣息。

「老大！」

「老大回來了！」

「都回來了沒有？都回來就啟航出發！」

卡爾斯回到戰艦上像變了個人似的，再無先前與戰天穹對話時的輕浮與聒噪，而是渾身散發著一種長年居於高位的嚴肅氣勢。他冷酷的下達命令。

「耶？老大，你不是說要去追新娘嗎？這新娘……上哪兒去了？」一位頭有刀疤的巨漢露出壞笑，絲毫沒有被卡爾斯那遽然冷沉的娃娃臉給嚇著，帶著嘲弄和玩味如此說著，惹來卡爾斯碧瞳怒瞪。

不過卡爾斯那張娃娃臉瞪人，實在是很沒有威脅感……

「廢話那麼多，到齊就啟航！那兩位新嫁娘被慕容世家搶回去了，這次我們就去打劫慕容世家的戰艦！」

「欸嘿，老大這一次竟然會失手？該不會是遇上什麼麻煩事絆住腳了唄？」巨漢雖然語氣輕佻，但眼裡懇切真摯的擔憂卻沒少半分。

卡爾斯的思緒頓時飄往那位狀況不好的好友身上，不由得眉頭一皺。

都忘了問戰天穹的事情了，誰叫他一聲不吭的調頭就走，讓給他連詢問的機會都沒有。

想到戰天穹身上的保鑣裝扮，卡爾斯心中寫滿了困惑，他怎樣也無法想像戰天穹擔當保鑣的畫面。以戰天穹的脾氣和難搞程度，不要把大小姐嚇死就好了，還當什麼保鑣？

看著卡爾斯那一臉好奇又面露深思的容貌，巨漢摸了摸自己的刀疤光頭，最後還是忍不住出聲打斷了卡爾斯的深思……

「老大，你再想下去就要撞到……」

還沒講完，卡爾斯已經直接「咚」的一聲，撞上厚實的鋼鐵牆面。

「靠！你是不會早點告訴我嗎？！」

然後伴隨著這聲粗話而起的，還有路過看到的船員發出的噗哧悶笑聲。

「——你們這些小嘍囉笑屁啊！」

卡爾斯揉著腦袋，滿臉怒紅，狠瞪著那些發出笑聲的船員。

雖然以他的實力，這種小衝撞根本沒辦法讓他受傷，但是身為一位鼎鼎有名的星盜團長，外加實力高強的星界級強者，竟然在手下面前當眾撞上牆——那傷的可是自尊呢！

也許是那一張娃娃臉怨怒橫生的神情實在太過無害，一票船員硬是朝著他——放聲大笑！

「啊哈哈哈，老大這模樣好可愛！像個奶娃兒一樣羞紅了臉欸！」

「噗！老大你別再裝了，你越生氣就越像孩子罷了。」

卡爾斯的臉色也隨著手下的嘲笑而越發鐵青，只是那「猙獰」的模樣，看起來就是個清秀少年正在鬧彆扭的模樣，實在讓人難以聯想，這有著一張看似和藹可親娃娃臉的少年，竟然是那宇宙中惡名昭彰的通緝犯！

「看什麼看？！還不快點啟航！老大說的話都不聽了嗎？！」

卡爾斯氣得直揪頭髮，扯亂了腦後的馬尾，只是那一張稚嫩的娃娃臉上因為憤怒而炸紅，再加上那親切又無害的少年模樣……儘管怒睜著一雙深碧色眼瞳，看起來也只像個臭小孩在耍性子似的，讓一群手下們露出了「欣慰」和「關愛」的長輩眼神。

見卡爾斯就要暴走，巨漢才趕緊跳出來替卡爾斯解圍。

「好了，走啦走啦！老大說這一次要搶慕容世家，反正咱們已經把皇甫世家一鍋端了，接下來就連他們的同盟對象也糟蹋一番吧！咱們去把慕容世家給翻了個遍，搶乾淨、殺乾淨、燒乾淨！」

巨漢咧嘴一笑，高聲大喊著，言語肅殺之氣甚重，很快的就引起一群人激昂的情緒，沒人再去調侃卡爾斯「可愛」的怒氣。

＊＊＊

片刻後，黝黑的戰艦也在一陣機器啟動的嗡鳴巨響聲中出發了。

就在戰艦起飛沒多久，一道紫金色的雷光帶著駭人的星力，筆直的重重劈在打算跟在卡爾斯後頭起飛的戰艦上，一道炫目的火光在慘灰色的雲雨之間炸開！

那一瞬間擊落的龐大星力，讓戰艦上的符文核心爐瞬間能量錯亂，瞬間失控爆炸，掀起了一陣可怕的風浪……

當那艘被雷光擊落的戰艦變成一團廢鐵轟然落地後，其他原本正欲攀升的戰艦只得止住啟動的意圖，沒人敢再任意起航。

誰也不想變成第二個被雷劈的倒楣傢伙。

此時的天空，雷光如蛇一般的四處流竄。轟然雷響震耳欲聾。人們紛紛躲避室內，避開磅礡的劇雨以及可怕的雷芒。

原界裡裡外外此時正處於一片混亂的狀態。地面上，不少組織趁亂襲擊舉辦這一次婚宴的兩大家族；星球外，各組織的戰艦隊更是在宇宙中戰鬥了起來。

立於自己戰艦上的卡爾斯神情嚴肅。他看著系統上提示的行星風暴狀況，在升空後沒有直接穿出雲層，而是在等候時機。

脫下了一身侍者裝扮，卡爾斯換上一襲黑底金邊的剽悍軍裝，突顯了一身挺拔的修長身材。金燦髮絲束成馬尾，一雙翡翠色的冷酷眼眸，讓他看起來俊秀又冷冽。配合一身沉穩內斂的氣息，著實是一位剛猛魁偉的領導者……只要不看那張娃娃臉的話。

那張秀氣的娃娃臉，硬是讓這沉著威猛的氣勢少了三分。

卡爾斯就站在艦首的艦長席位上，一手慣性的在指揮椅的椅背上敲擊著，似乎正在思索什麼。而底下操控的人員沒有任何反感或不認同的神情，就好像已然習慣並且全然信服他的指揮。

「老大，在行星外待命的老黑跟娜姐傳回了行星風暴的俯瞰圖，大約五分鐘後就能找出風眼所在的位置！」手下冷靜的回報著剛剛接到的消息，手中動作不停，利用光腦系統開始計算暴風眼的所在位置。

「限你兩分鐘內查出來。」

卡爾斯冷漠的說出要求，讓那位負責計算的手下繃緊了神經，拿出了百分之兩百的精神專注工作。他看著眼前投映出的星空圖，螢幕上不斷交替閃爍著各種畫面，但主要還是以原界地表俯瞰圖以及行星風暴雲層的畫面居多。當然，也包含有戰艦四周的圖像及單純數據的資料。

綜合以上，卡爾斯憑著以往經驗指示著底下的操控人員。

他最後看了全艦的能量條一眼，下達指示：「保持速率，防護罩功率百分之百，啟用核心爐的防護符文。將無用功能暫時關閉，必要時可以解除艦身偽裝功能——等行星風暴眼出現以後全速突破！聯繫娜娜，保持追蹤慕容戰艦；老黑在我們離開大氣層時立即與我們會合！」

「是，老大！」

所有人都嚴陣以待。

「內部照明關閉！」

「內部生活設施系統關閉！」

「外部偵測系統關閉！」

「核心爐防護符文開啟，目前符文序列可持續防護時間為：九十二分鐘！」

操作人員流利的報出一串又一串的訊息，直到艦首處的燈光也被關閉，只剩下投影出數據的寬

敞螢幕。

要穿出行星風暴，就要避免戰艦內凝聚龐大星力的符文核心爐，擾亂大氣中已然促亂的星力力場。要是關閉得太慢或根本沒有關閉，有可能又會引起行星風暴的變化，這也是跟在卡爾斯後頭那艘意欲起飛的戰艦所犯下的錯誤——它在一開始就全功率啟動，想要一舉突破暴風圈，然而這只會引來漫天的暴雷，然後徹底炸沒了影子。

「行星風暴的風眼位置已經計算出來了，馬上投影在原界平面圖上。」

卡爾斯抬手一揮，拉大了原界平面圖的圖像。

此刻，原界那紅豔豔的星體已有近三分之一被橫掃的大片黑雲所覆蓋，雲層上還不斷的閃爍著異色雷光。

紅色的圓圈標示出現在呈螺旋轉動的雲層上方某一位置，上頭還標注著倒數讀秒。

看著圓圈所在處開始逐漸向外擴張，卡爾斯眼神一肅，冷聲指揮：「五分鐘內前進風眼區，啟動能量吸收的符文，一旦星力吸收至百分之九十，就立即提高戰艦時速至一千公里，直接衝出風眼帶！」

「開啟艦首對外全息視野！」

隨著卡爾斯一聲令下，原本昏暗的艦首區四周鋼鐵色的牆面遽然消失，利用高科技的技術投影出了戰艦外頭的可怕景象。

那狂猛的雷蛇幾乎是貼著艦身流竄的，被戰艦外圍的防護光膜給擋下。

由星力凝聚而成的各種雷光，給人一種炫麗卻又極度危險的感覺，配合著那黑沉沉的雲層及雷閃光輝，艦首區所有人的心彷彿都被重重的提了起來，但沒人有任何一絲的鬆懈，反而是激動亢奮者居多。

他們是星盜，長年遊走在生死之間的存在，跟精靈都能一戰，又何懼這等天地之威？

艦身左右處的刀鋒片翼上亮起美麗的符文，將那些貼著艦身遊動的雷光吸收而入，化為一陣陣如浪潮般的流光，在黑沉的雲霧世界裡，看起來異常耀眼。

「風眼將於二十秒後出現！還有十五秒⋯⋯十、九、八、七⋯⋯」

「核心吸收的能量指數達百分之九十，已經關閉能量吸收符文！」

「風眼開啟！」

被雲霧圍繞的戰艦正上方那螺旋狂暴的雲層，突然如狂風巨浪般的顫抖起來，轉瞬間，螺旋中心的雲層竟然雲霧盡散，敞開了一個看得到宇宙星辰的大坑！

「速率調節由時速五百公里提升至一千公里！預計十五秒後穿出行星風暴帶，在穿出同時會接觸大氣層——可能會產生劇烈搖晃，請注意！」

在一位情報官回報訊息的同時，崗位上的人員紛紛手腳飛快，利索的繫上安全帶，將身體完全放鬆靠近椅子裡頭，或是緊抓附近的物體以穩定身軀。

卡爾斯也不敢大意，在繫好安全帶之後目光死死的盯著全息螢幕上的風眼圈消失倒數數據。遽然加速的感覺讓眾人往自己椅子裡頭埋去，可一些站著的人員儘管起先有些搖晃，不過很快就又立直了身子，反應之快似乎極為擅長應付此種狀況，每個人的臉上只有凝重和嚴肅。

「五、四、三、二、一……正式接觸大氣層！」

轟然一聲巨響，戰艦彷彿撞上了一道無形的力場圈，那龐大的艦身因而有了片刻的停滯，四周的全息螢幕更是投影出戰艦與大氣層摩擦而產生的紅豔火光。

隨著戰艦保持速度，終於穿出了無形的大氣層，那凝滯的感覺不再，漆黑的戰艦化為一道漆黑的流光，在浩瀚宇宙之中竄了出去……

在戰艦的螢幕閃動片刻後，行星風暴的影響逐漸遠離。

這時，卡爾斯戰艦上突然跳出了一名男性的頭像，他冷靜回報：「老大，慕容戰艦在十分鐘後脫離我們的追跡範圍，娜娜已經先追上去了。」

「讓娜娜小心隱蔽，注意慕容世家是否留有後手。老黑跟上隊伍，全隊保持速度，回報戰艦目前數據以及計算出最快能追上慕容戰艦的時間。」

卡爾斯握拳重重的搥了椅背，一臉怒色，顯然對自己就差這幾分而錯過的事情有些惱怒。

「報告老大，娜娜監測到慕容世家跟皇甫世家的戰艦會合了，但是有一艘敵我不明的戰艦遠遠跟在他們會合的艦隊後方。」

「嗯？」卡爾斯緊鎖劍眉，他聯想到最近慕容世家在新界的變動，不由得有了幾番聯想。

「莫非我先前收到，慕容世家打算併吞皇甫世家的消息是真的？」他摸了摸光潔的下顎，眼露好奇。

「讓娜娜小心點，保持一定距離繼續觀察，直到與我們會合再決定下一步。」

殊不知，在這其中，究竟誰才是黃雀？

《星神魔女02》完

請期待更加精采的《星神魔女03》

飛小說系列041

星神魔女02

靠近*填滿心的空缺

出版者■典藏閣
作　者■魔女星火　繪　者■水梨
總編輯■歐綾纖
製作團隊■不思議工作室

郵撥帳號■50017206采舍國際有限公司（郵撥購買，請另付一成郵資）
台灣出版中心■新北市中和區中山路2段366巷10號10樓
電　話■(02)2248-7896　傳　真■(02)2248-7758
物流中心■新北市中和區中山路2段366巷10號3樓
電　話■(02)8245-8786　傳　真■(02)8245-8718
ＩＳＢＮ■978-986-271-307-5
出版日期■2013年1月

全球華文國際市場總代理／采舍國際
地　址■新北市中和區中山路2段366巷10號3樓
電　話■(02)8245-8786　傳　真■(02)8245-8718

新絲路網路書店
地　址■新北市中和區中山路2段366巷10號10樓
網　址■www.silkbook.com
電　話■(02)8245-9896
傳　真■(02)8245-8819

☞您在什麼地方購買本書？☜

□便利商店＿＿＿＿＿市／縣＿＿＿＿＿＿＿＿＿＿便利超商

□博客來　□金石堂　□金石堂網路書店　□新絲路網路書店　□其他網路平台

□書店＿＿＿＿＿＿＿市／縣＿＿＿＿＿＿＿＿＿書店

姓名：＿＿＿＿＿地址：＿＿＿＿＿＿＿＿＿＿＿＿＿＿＿＿＿＿＿＿＿＿＿＿

聯絡電話：＿＿＿＿＿電子郵箱：＿＿＿＿＿＿＿＿＿＿＿＿＿＿＿＿＿＿＿＿

您的性別：□男　□女

您的生日：＿＿＿＿＿年＿＿＿＿＿月＿＿＿＿＿日

（請務必填妥基本資料，以利贈品寄送）

您的職業：□上班族　□學生　□服務業　□軍警公教　□資訊業　□娛樂相關產業
　　　　　□自由業　□其他＿＿＿＿＿＿

您的學歷：□高中（含高中以下）　□專科、大學　□研究所以上

☞購買前☜

您從何處得知本書：□逛書店　□網路廣告（網站：＿＿＿＿＿＿＿）　□親友介紹
　（可複選）　□出版書訊　□銷售人員推薦　□其他

本書吸引您的原因：□書名很好　□封面精美　□書腰文字　□封底文字　□欣賞作家
　（可複選）　□喜歡畫家　□價格合理　□題材有趣　□廣告印象深刻
　□其他＿＿＿＿＿＿＿＿＿＿

☞購買後☜

您滿意的部份：□書名　□封面　□故事內容　□版面編排　□價格
　（可複選）　□其他＿＿＿＿＿＿＿＿＿＿

不滿意的部份：□書名　□封面　□故事內容　□版面編排　□價格
　（可複選）　□其他＿＿＿＿＿＿＿＿＿＿

您對本書以及典藏閣的建議＿＿＿＿＿＿＿＿＿＿＿＿＿＿＿＿＿＿＿＿＿＿＿＿＿＿

＿＿＿＿＿＿＿＿＿＿＿＿＿＿＿＿＿＿＿＿＿＿＿＿＿＿＿＿＿＿＿＿＿＿＿＿＿

未來您是否願意收到相關書訊？□是　□否

未來若有校園推廣您是否願意成為推廣大使？□是　□否

✎感謝您寶貴的意見✎

✌From＿＿＿＿＿＿＿＿＿＿@＿＿＿＿＿＿＿＿＿＿＿＿＿

♦請務必填寫有效e-mail郵箱，以利通知相關訊息，謝謝♦

印刷品

請貼
3.5元
郵票

235 新北市中和區中山路二段366巷10號10樓

華文網出版集團　收

（典藏閣－不思議工作室）

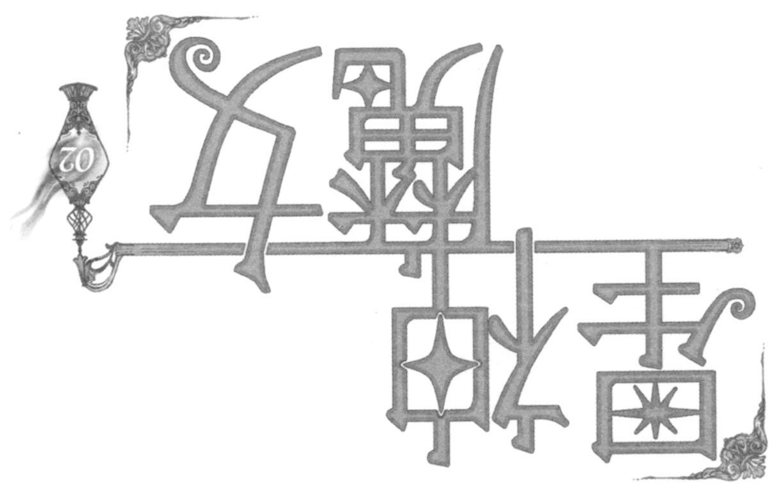